KB116533

나의 여왕

나의 여왕

장바티스트 앙드레아 장편소설
양영란 옮김

열린책들

일러두기
• 모든 각주는 옮긴이 주입니다.

이 책은 실로 꿰매어 제본하는 정통적인 사철 방식으로 만들어졌습니다.
사철 방식으로 제본된 책은 오랫동안 보관해도 손상되지 않습니다.

베레니스에게

나는 떨어지고 또 떨어졌다. 어째서인지 그 이유는 잊어버렸다. 마치 처음부터 늘 떨어지고 있던 느낌이었다. 별들이 머리 위로, 발밑으로, 내 주변으로 스쳐 지나갔고, 그 별들을 움켜쥐려고 굴렀지만 손에 잡히는 거라곤 없이 허공에서 허우적댈 따름이었다. 나는 축축하게 젖은 대기의 숨결 속에서 빙글빙글 소용돌이쳤다.

너무 빠른 추락 속도 때문에 몸에 불이 나는 것 같았다. 손가락 사이에서는 바람이 울부짖었다. 학교에서 하던 1백 미터 달리기 시합을 다시 떠올렸다. 그때만이 유일하게 다른 아이들이 나를 놀려 대지 않는 때였다. 나는 긴 두 다리로, 다른 아이들을 모조리 물리쳤다. 그런데 지금은 내 다리가 아무짝에도 소용없다는 게 문제였다. 두 다리 역시 멍청한 바보처럼 떨어지고 있었으니까.

멀리서, 누군가가 고함을 질렀다. 어째서 내가 지금 이러고 있는지 기억해 낼 필요가 있었다. 분명 아주 중요한 이유가 있을 테니까. 사람은 누구나 그럴 만한 이유도 없이 이렇게 떨어지지는 않는 법이다. 나는 뒤를 돌아다보았다. 하지만 뒤라는 건 아무런 의미도 없다. 모든 것이 끊임없이 변하고, 또 너무나 빨리 변하는 바람에 그저 울고만 싶은 심정이었다.

틀림없이 내가 엄청나게 멍청한 짓을 저질렀을 게다. 그러니 곧 꾸지람을 듣거나 더 호되게 혼쭐이 날 터였다. 비록 꾸지람보다 더한 혼쭐이 어떤 건지는 잘 모르지만 말이다. 마크레한테 얻어맞을 때처럼 몸을 둥그렇게 웅크렸다. 조금이라도 덜 아프려면 그렇게 해야 한다는 건 너도 나도 다 아는 일이었다. 이젠 그저 기다리는 수밖에 없다. 곧 어떤 식으로든 도착하게 될 테니까.

1965년 여름이었다. 그 어떤 여름보다도 제일 대단했던 여름, 그때 나는 끝없이 떨어졌다.

나는 그저 어린아이일 따름이고, 그게 차라리 잘된 일이라는 말을 하도 듣다 보니, 결국 닥칠 일이 닥치고 말았다. 사람들한테 내가 어른임을 증명하고 싶어진 것이다. 어른이라면 마땅히 전쟁을 해야 했다. 부모님이 주유소 영업을 마치고 나서 그 앞에 앉아 밥을 먹으며 보던 배불뚝이 고물 텔레비전 속에서는 언제나 그랬으니까.

그 무렵 아스 계곡을 따라 내려가는 도로에는 자동차가 많이 지나다니지 않았다. 우리는 그 도로변에 살았는데, 도로가 속한 프로방스 지방조차 우리를 잊은 듯했다. 우리 주유소는 말이 주유소지, 펌프 두 개에 그저 낡은 지붕만 달랑 얹어 놓은 곳이었다. 전에는 아빠가 펌프를 열심히 닦았지만 나이가 들고 또 오가는 자동차도 얼마 없는 탓인지 펌프 닦기를 그만두었다. 난 반짝거리며 윤이 나던 펌프가 못내 아쉬웠다. 하지만 펌프를 닦고 싶어도 그럴 수 없었는데, 마지막으로 펌프를 닦던 날 온통 물을 뒤집어쓰는 바람에 엄마한테 꽤나 야단을 맞았기 때문이다. 그때 엄마는 게으름뱅이 남편이며 덜떨어진 아들 녀석 탓에 안 그래도 할 일이 태산인데 그것만으로는 부족해서 이런 짓까지 하느냐고 넋두리를 해댔다. 엄마가 그럴 때마다 아빠와 나는 입을 틀어막기에 급급했다. 엄마한테 할 일이 많은 건 맞다. 특히 더러운 기름이 덕지덕지 묻은 뻣뻣한 차량 정비복을 빨아야 하는 날에는 더욱 그랬다. 게다가 내가 물이 담긴 양동이를 집어들 때마다 언제나 물을 둘러쓰는 것도 사실이었다. 그건 나로서도 어쩔 수 없었다. 그냥 언제나 그랬으니까.

우리 부모님은 거의 말이 없었다. 우리 집, 그러니까 아빠가 주유소 뒤에 붙여 쌓은 뒤 여전히 칠 작업도 끝내지 않은 시멘트 벽돌로 이루어진 네 개의 벽 안에서 들리는 소리라고는 텔레비전 소리와, 리놀륨 위로 끌리는 가죽 슬리퍼 소리, 그리고 산에서 내려와 칸막이와 내 방 벽 사이에 부딪치는 바람 소리뿐이었다. 그 안에 사는 우리는 도통 말이 없었다. 이미 할 말이란 할 말은 다 해버렸으니까.

누나는 1년에 한 번씩 우리를 보러 오곤 했다. 나보다 열다섯 살 많은 누나는 결혼을 했고 멀리 나가 살았다. 어쨌든 누나가 자기 집을 지도에서 가리킬 때 보니 꽤 먼 곳 같았다. 누나가 집에 올 때마다 누나와 부모님 사이에는 언제나 말다툼이 벌어졌다. 누나는 너무 외진 곳에 있는 우리 주유소는 나 같은 아이가 살 곳이 못 된다고 생각했다. 사실 이 말은 이해하기 좀 힘들었다. 내 눈에는 펌프가 더러운 것 말고는 아주 좋은 곳이었기 때문이다. 누나가 떠나갈 때면, 항상 지도를 보면서 누나가 사는 곳은 여기보다 무엇이 더 나을지 궁금하곤 했다.

하루는 누나한테 직접 물었다. 누나는 내 머리를 쓰다듬으며, 자기가 사는 도시에 가면 또래 친구들도 있고 이야기 상대가 되어 줄 사람들도 있을 거라고 대답했다. 어쩌면 언젠가는 여자도 만날 수 있지 않을까? 여자라면 누나가 생각하는 것보다 훨씬 많은 걸 알고 있었지만, 아무 말도 하지 않았다. 누나는 말을 이었다. 이제 부모님도 늙으셨는데, 혹시라도 두 분이 세상을 떠나고 나면 어떻게 되겠느냐고……. 나는 사람들이 〈세상을 떠나다〉란 말을 할 때 그건 진짜로 떠났다는 의미임을, 두 번 다신 이 세상으로 돌아올 수 없다는 뜻임을 알고 있었다. 그럼 혼자서 주유소를 돌보면 된다고 대답하자, 누나는 그 말을 믿는 시늉을 했지만, 난 그게 거짓이란 걸 단박에 알아챘다. 그러거나 말거나. 나는 언젠가 내가 펌프를 반질반질하게 광낼 수 있는 날이 오리란 사실에 마음속으로 은근히 기뻤다.

적어도 한 가지 점에선 누나가 옳았다. 친구들, 나한테는 친구들이라고는 없었으니까. 가장 가까운 마을이라고 해도 10킬로미터나 떨어져 있었다. 학교에서 만난 아이들은 내가 학교를 그만둔 이후로 더 이상 볼 수가 없었다. 내가 보는 사람들이라고는 기껏해야 기름을 넣기 위해 잠시 자동차를 멈춘 운전자가 전부였다. 그럴 때면 나는 아빠가 준, 등짝에 셸 마크가 찍힌 멋진 점퍼를 입고서 자랑스레 그 사람들 차의 기름 탱크를 가득 채우곤 했다. 그때만 하더라도 정유 회사 셸이 우리 주유소의 매출이 형편없다는 사실을 알기 전이었다. 나중에 우리 주유소는 이탈리아 회사로 갈아타야만 했다. 그 회사도 매출은 어찌할 도리가 없었다. 하지만 나는 그러거나 말거나 계속 셀 점퍼를 작업복으로 입었다. 손님들은 나한테 말을 걸었고 또 친절했다. 이따금 내 손에 동전을 쥐어 주는 손님도 있었는데, 부모님은 그렇게 해서 받은 돈은 내가 가져도 된다고 허락했다. 마티 아저씨 같은 단골손님도 더러 있었다. 하지만 친구라고는 없었다.

친구가 없다고 해서 딱히 불편한 점은 없었다. 나는 그곳에 사는 것이 좋았다.

내가 떠나기로 작정한 이유는 담배 때문이었다.

여름을 밀쳐 내고 들어앉은 혹독한 겨울이 슬금슬금 계곡을 빠져나가던 무렵이었다. 가엾은 봄은 두 계절 사이에 찡겨 있었다. 어떤 손님이 한 말이었는데, 내 귀엔 이 말이 재미있게 들렸다. 마치 바람이 내 방과 산의 중간에 찡겨 있듯이.

내가 맡은 일 중에는 C자가 표시되어 있는 ── W자가 떨어져 나갔지만, 그 글자가 냄비 받침으로 쓰면 아주 좋다는 걸 알고 난 다음부턴 누구도 그걸 제자리에 도로 붙여 놓으려 하지 않았다 ── 좁은 공간 안에 화장지를 가져다 놓는 일이 있었다. 말이 좋아 화장지지, 사실은 신문지를 네모나게 자른 종이들이었다. 그런데 신문지를 네모나게 자르는 건 또 내가 엄청 좋아하는 일이었다. 아빠가 끝까지 다 읽지 않은 신문은 자르면 안 되니까 주의해야 했다. 한번은 그 일 때문에 아빠한테 한 대 쥐어박혔는데, 아빠는 나한테 이미 잘라 버린 스포츠 면을 다시 이어 맞추라고 억지를 부렸다. 결국 그래 봐야 헛일이었는데, 웬 손님이 벌써 한 조각을, 그것도 하필이면 아빠가 알고 싶어 하는 시합 결과가 인쇄되어 있는 부분을 사용해 버렸기 때문이다. 덕분에 나는 한 번 더 쥐어박혔다.

오후 두 시였는데, 그날따라 주유소에 들른 차라곤 파란색 4L[1] 한 대뿐이었다. 나는 당연히 지금까지도 그 4L을 또렷하게 기억한다. 주유소 뒤편의 산은 마치 양철 지붕처럼 뜨겁게 달아올라 있었다. 한 시간 동안 종이를 자른 나는 자른 종이를 가져다 놓으려고 사람들이 모두 C라고 부르는 화장실 안으로 들어갔다. 거기에선 절대 숨을 쉬지 않는데, 아주 어릴 적부터 고약한 냄새라면 딱 질색이었기 때문이다. 며칠 동안 아무도 C를 쓰지 않아도 C에선 언제나 썩은 흙냄새 같은 기분 나쁜

---

1 Quatrelle. 프랑스 르노 사가 제작했던 저가 자동차 모델.

냄새가 났다. 그 냄새를 맡을 때면 나는 곧바로 죽음이 떠올랐고, 엄마가 주유소에서 유일한 꽃인 제라늄 주변에 뿌려 주는 퇴비, 벌레가 우글거리는 그 거름이 떠올랐다. 제라늄은 일정 시기가 지나면 죽어 버렸는데, 그럴 때마다 엄마는 매번 새 제라늄으로 바꿔 놓았다. 제라늄이 퇴비 때문에 죽는 거라고 아빠가 아무리 잔소리를 해봐야 소용없었다. 엄마는 아빠 말이라면 들을 생각도 하지 않았다.

나는 좁은 화장실을 빠져나오면서 개수대 아래 떨어져 있는 담뱃갑을 보았다. 안에는 담배 두 개비가 남아 있었다. 그때까지는 단 한 번도 담배를 피워 본 적이 없었는데, 그건 아빠가 지난 전쟁 때 담배를 피우면서 휘발유를 가득 넣다가 화염에 휩싸여 죽은 남자 이야기를 귀에 못이 박히도록 했기 때문이다. 불은 저수탱크의 물을 모조리 쏟아부은 다음에야 꺼졌다고 했다. 소방대원들이 이제는 불씨가 다 죽었을 거라 생각할 때마다 그 남자는 다시금 치솟는 불길에 휩싸였다 한다. 아빠가 사람들이 쉽게 알아듣도록 조금 과장한 면도 있을 거라고는 생각한다. 아무튼 우리 주유소 펌프 위에는 무지 큰 담배에 사선이 쫙 그어진 경고 이미지가 붙어 있었다.

그렇지만 나는 주유 펌프로부터 멀리 떨어져 있었고, 집에서도 멀찌감치 떨어져 있었다. 만일에 대비해서 화장실 뒤쪽 작은 언덕 위에 자리를 잡았다. 나는 언제나 성냥을 가지고 다녔는데, 그러면 벌레를 보는 즉시 태워 죽이기 편하기 때문이었다. 언젠가 한 손님이 내가 벌레를 불태워 죽이는 걸 보고는 나한테 〈멍청한 데다 잔인한 새끼〉란 욕을 했는데, 학교 다닐 적에 살아 있는 개구리를 해부한 걸 생각하면, 도대체 무슨 차이가 있어서 그러는 건지 나로서는 잘 이해할 수가 없었다. 그래서 나는 〈멍청한 데다 잔인한 새끼는 바로 당신이야〉라고 대꾸했다. 그러고는 이내 울면서 달아나자 그 손님은 어찌할 바를 몰라 말을 잃었다. 그때 엄마가 그 손님, 그러니까 그 멍청한 데다 잔인한 새끼한테 이러고 저러고 말을 걸었다. 난 멀리서 두 사람을 보았는데, 둘 다, 특히 엄마가 요란한 손짓을 해가며 이야기를 했다. 손님은 별말이 없었다. 결국 아무 일도 일어나지 않았다. 손님은 떠났고, 나는 더 이상 날 볼 수 없다는 걸 확인하고는 그를 향해 내 엉덩이를 까서 내밀었다.

서부 영화에서처럼 담배에 불을 붙이고는 두어 번 빠

끔대고 나서 있는 힘껏 담배 연기를 빨아들였다. 그러자 여덟 살에, 그게 학교를 그만두기 전 마지막 방학이었던 것으로 기억하는데 — 산 위 호수에 갔었다 — 그때 물에 빠졌을 적보다도 더 힘들었다. 당시에는 어떤 부인이 물에 빠진 나를 구해 주었다. 이번엔 심지어 속에서 불까지 났다.

얼떨결에 담배를 놓쳤는데, 내 손에서 떨어진 담배가 솔잎 더미 위로 떨어졌다. 발로 짓이기려 하자 담배꽁초는 오히려 튕겨 나가면서 순식간에, 나를 비웃기라도 하듯 솔잎에 불꽃을 일으켰다. 붉고 노랗고 거대한 불꽃은 내 신발에도 옮겨붙었다. 놀란 내가 악을 써대자 엄마가 집 밖으로 나왔고, 뒤따라 아빠도 나왔다. 아빠는 대번에 사태를 파악했다. 우리 동네에서 화재는 매우 심각한 일이었다. 아빠는 소화기를 들고 뛰어왔는데, 이제껏 아빠가 그렇게 빨리 뛰는 모습은 본 적이 없었다. 젊은 나이도 아닌데 말이다. 결국 언덕 위 한 귀퉁이만 불에 타고 사건은 마무리되었다. 별것 아닌 일이었지만, 주유소에서 멀지 않은 곳에서 난 불이었다. 어쨌거나 아빠가 그렇게 말했다. 「주유소에서 멀지 않은 곳이었잖아.」 엄마가 불같이 화를 내며 나에게 덤벼들었다. 나는 아빠도 나를 흠씬 두들겨 패리라고 생각했다. 하지만 아빠는 손을 높이 쳐들어 때릴 기세를 보이지 않았는데, 아마 내가 이미 다 커버렸기 때문일 것이다.

나는 이제 더 이상 어린아이가 아니라고 고함을 지르자, 엄마는 내가 여전히 어린애일 뿐이고, 한 지붕 아래서 사는 한 엄마가 시키는 대로 해야 하며, 이런 엄마 말을 열두 살 난 대가리에 잘 새겨 놓는 게 신상에 좋을 거라고 으름장을 놓았다.

그날 저녁 부모님은 누나와 전화 통화를 했다. 나는 문틈으로 새어 나오는 소리를 모두 엿들었다. 부모님은 낮은 목소리로 말한다고 생각했겠지만, 두 분 모두 가는귀가 먹었기 때문에 낮은 목소리라고 해도 거의 고함을 지르는 수준이었다. 부모님은 베이클라이트 재질의 커다란 전화기로 통화를 했는데, 그건 내가 닦을 수 있다고 허락받은 유일한 물건이었다. 부서지지 않는 데다 닦을 때 물을 사용할 필요도 없기 때문이었다. 나는 하루에도 몇 번씩 전화기를 닦았는데, 그러면 전화기는 마치 막 깔아 놓은 아스팔트처럼 반짝거렸고, 그런 전화기를 보면 기분이 좋았다. 그렇게나 좋아하는 전화기인 만큼, 전화기가 나를 두 번이나 배반했다고 느꼈다.

부모님은 누나한테 네 말이 맞다, 어린 사내 녀석을 돌보기엔 우리가 이제 너무 늙었다, 그러니 누굴 좀 보내 줘야겠다고 이야기했다. 부모님은 내가 〈또〉 불을 낼 뻔했다고도 덧붙였는데, 난 전에도 그런 일을 벌였는지 전혀 기억나지 않았다. 누나가 말을 하는 동안 긴 침묵이 이어졌고, 머지않아 누군가가 나를 데리러 올 거라는 사실을 깨달았다. 그게 언제인지는 알 수 없었다. 내일일 수도, 한 달 후, 아니 1년 후일 수도 있지만, 그건 별 차이가 없었다. 누군가가 온다, 중요한 건 바로 그거였다.

그날, 나는 집을 떠나 전쟁터로 가기로 마음먹었다.

나한테는 계획이 있었다. 전쟁터에 나가 싸우고, 훈장을 타고, 그런 다음 돌아오면 모든 사람이 나를 어른으로 인정해 줄 수밖에 없으리라. 아니, 적어도 그러는 척이라도 해줄 것이다. 전쟁터에서는 담배도 피울 수 있는데, 그야 뭐 텔레비전을 보면 언제나 그랬다. 게다가 그런다고 해서 딱히 불을 낼 위험도 없어 보였다. 어차피 전쟁터는 노상 불바다니까. 다만 한 가지 마음에 걸린다면, 군인들이 죄다 약간 더러워 보인다는 거였는데, 그게 과연 내 마음에 들지는 영 확신할 수 없었다. 나한테는 소총 한 자루와 매일 갈아 신을 깨끗한 양말이 필요할 터였다. 만일 그것들이 없다면, 울음을 터뜨리고 말 것 같았다.

전쟁터에서 돌아오고 나면, 아무도 날 어디로 데려간

다는 말 따위는 하지 않겠지. 그뿐인가, 어쩌면 나한테 큰방을 내줄지도 모를 일이다. 주유 펌프가 내려다보이는, 전쟁 영웅에게 어울릴 법한 방 말이다. 엄마한테는 그 방이 더 이상 필요 없을 것이다. 어차피 엄마는 덩치도 나보다 작으니 그 방 대신 내 방을 쓰면 될 터였다.

문제는 어디에서 전쟁을 하는지 알 수가 없다는 데 있었다. 기껏 아는 거라곤 전쟁이 먼 데서 벌어지고 있다는 것뿐이었다. 왜냐하면 어느 날인가 엄마한테 물었더니, 그저 〈먼 데〉라고만 대답했기 때문이다.

먼 데라면, 나한테 그곳은 내 방과 면한 산의 제일 꼭대기, 그 꼭대기 고원에서 시작했다. 고원으로 가려면 계곡을 거슬러 올라가야 하지만, 지름길도 있기는 했다. 너무 위험해서 요즘엔 사냥꾼들도 감히 다니지 않는다는 옛 오솔길이다. 나는 예전에 한 번, 천천히 그곳을 오른 적이 있었다. 거기서 산기슭 너머를 굽어보았는데, 눈앞으로 풀밭이 끝없이 펼쳐지는 광경이 꼭 바다를 보는 것 같아 현기증이 일었다. 그때 이후 나는 비바람이 몰아칠 때마다 구름에 휩싸인 고원이 물에 잠기고, 급기야 물이 넘쳐흐르면서 이곳을 휩쓸고 가면 우리 모두 엉덩이까지 아스강에 잠긴 채 깨어나는 상상을 해보곤 했다.

　말이 나온 김에 아예 처음부터 고백하는 편이 나을 듯싶다. 게다가 모든 사람이 이미 다 알고 있는 사실이기도 하니까. 전쟁터로 가겠다고 말은 했지만, 솔직히 나는 전쟁터에 결코 다다를 수 없었다. 진작 이런 사실을 알았더라면, 나는 꼼짝하지 않고 그냥 집에 눌러앉아 매일 저녁 시멘트 벽돌 벽 틈새를 파고드는 북풍 소리나 듣고 있었을 것이다. 그러면 뒷일 같은 건 생기지도 않았을 텐데. 하긴, 만일 그랬더라면, 비비안도 만나지 못했겠지. 모든 나라의 모든 고원에 부는 모든 바람처럼 말하는, 날카로운 눈매의 여왕님 비비안 말이다. 언제나 똑같은 이야기만 들려주는 바람보다 비비안이 나았다. 하지만 이 이야기는 나중에 다시 해야겠다. 왜냐하면 아직 비비안을 만나기 전이기 때문이다.

　저녁을 먹으면서 나는 부모님에게 통보했다.

　「전 떠날 거예요.」

　아빠는 아무 말이 없었다. 그때 막 텔레비전에서 아빠가 좋아하는 연속극이 시작되었기 때문이다. 엄마는 어서 렌즈 콩 접시나 비우라고, 입에 음식을 넣고 말하면 안 된다고 했다. 따지고 보면 더 잘된 일이었다. 만일 부모님이 잠자코 집에 가만히 있으라고 윽박질렀다면 기가 콕 죽었을 테니 말이다.

그렇긴 해도 주유소를 떠난다고 생각하니 조금 슬펐다. 주유소는 태어나서 줄곧 살아왔던 곳이고, 또 주유소 말고는 다른 아는 곳도 없을뿐더러, 주유소는 나한테 썩 잘 어울리는 곳이기도 했다. 아빠는 다른 데도 여기와 비슷하다고, 여기보다 이런 게 약간 낫거나 저런 게 약간 낫거나 할 수 있지만, 결국 다 마찬가지라고 말하곤 했다. 나는 이따금 도(道) 소속 제설차를 고치기도 하던 소규모 자동차 정비소의 휘발유나 윤활유 냄새를 맡으며 자랐다. 그건 내가 좋아하는 냄새였다. 지금 이 순간 그 냄새가 그렇게 그리울 수가 없다.

예전에 나는 학교에서 돌아오면 엄마가 소매와 다리를 떼어 낸 낡은 작업복을 걸치고서 아빠를 돕는 시늉을 하기도 했다. 아빠는 내가 가끔씩 연장을 건네도 아무 말도 하지 않았다. 순전히 막내아들 기분을 맞춰 주기 위해서였다. 그도 그럴 것이 늘 아빠가 필요로 하는 연장이 아닌 엉뚱한 연장만 건넸으니 말이다.

그러다가 학교를 그만두게 되자, 그때부터 아빠는 나한테 일거리를 주어야 한다고 생각했고, 덕분에 나는 셀 점퍼를 입고서 자동차 기름 탱크 채우는 일을 하게 되었다. 엄마는 손님들이 그걸, 그러니까 셀 점퍼를 좋아할 뿐 아니라 쌈박해 보인다고 말했다. 무슨 뜻인지 정확하게 알지는 못했지만, 그래도 쌈박하다는 건 뭔가 좀 멋진 건가 보다고 느꼈다.

앞에서 나는 사람들이 생각하는 것보다 여자를 좀 많이 안다고 말했다. 이제 그 이야기를 해야겠는데, 그 역시 주유소에서 벌어진 일이었기 때문이다. 나는 집을 떠나기 전날 밤 내내 그때 그 일을 생각했다. 내가 C 뒤편 언덕에 앉아 있던 어느 날이었다. 딱히 해야 할 일거리라고는 없었으므로 나는 그저 내 일에만 골몰했다. 그러던 차에 멋진 자동차 한 대가 주유소 안으로 들어섰고, 남편이 가득 주유를 하는 동안 부인은 C를 향했다. 내가 있던 곳에서는 C의 환풍구 역할을 하는 천창을 통해 그 안이 들여다보였다. 나는 부인이 치마를 걷어 올리는 광경을 보면서 몸이 얼어붙었는데, 그 순간 때마침 부인도 나를 발견했다.

나는 머릿속으로는 토끼처럼 냅다 도망을 쳤다. 그런데 실제로는 그 자리에 꼼짝 않고 앉아 바보처럼 그 부인만 쳐다보았다. 부인이 고함을 지를 거라고 지레짐작했지만, 그저 방긋 웃더니 손을 사타구니로 가져갔다. 엄마가 더러우니까 만지지 말라고 한 그곳을 부인은 나한테 눈을 떼지 않으면서, 그리고 약간 아픈 표정을 지어 가면서 오랫동안 어루만졌다. 그 광경이 얼마나 이어졌는지는 모른다. 그때 아마 나는 기절을 했나 보다. 어쨌든 다시 눈을 떴을 때 부인은 이미 거기 없었고, 내 아랫도리는 젖어 있었다.

이전에도 그런 일이 있었다. 한번은 숲에서 사냥꾼들이 버린 잡지를 발견한 적이 있다. 비에 젖어 종이가 돌돌 말려 있었는데, 그 잡지에는 벌거벗은 여자들 사진이 가득했고, 그걸 보면서 내가 그만 폭발했던 것이다. 나는 그 잡지를 소나무 아래 파묻어 두고는 정기적으로 꺼내서 들여다보곤 했다. 하지만 멋진 자동차를 타고 주유소에 온 부인, 그 일은 진짜 여자와의 첫 경험이었다. 물론 그 여자〈와〉진짜로 한 게 아니라는 것 정도는 나도 알지만, 그래도 거의 진짜 같았다. 본능적으로 그건 어린아이들이 하는 짓이 아니라는 걸 알고 있었으니, 이 역시 내가 어른이 되었다는 증거인 셈이다.

이상이 그날 밤 내가 전쟁터에 가기 위해 필요한 물건들을 배낭에 챙기면서 했던 생각이었다. 옷가지라면 옷장에 하나 가득 들어 있어서 무엇을 챙겨야 할지 몰랐다. 해마다 내 이름이 적힌 커다란 상자가 우리 집에 배달되곤 했는데, 그 상자 안엔 한 번도 본 적 없는 사촌들이 입던 셔츠며 겉옷, 바지 따위가 잔뜩 들어 있었다. 엄마는 그것들을 고치고 줄였지만 헛일이었다. 언제나 나는 그 옷들 속에서 허우적거렸으니까. 그 옷들이 너무 싫었다. 거기에서는 이제껏 맡아 본 적 없는 세제 냄새며 내가 싫어하는 거대한 화학 공장 냄새가 났는데 나는 엄마가 적어도 열 번쯤은 빨고 난 뒤에야 마지못해 그것들을 걸치곤 했다. 어쨌거나 나한테는 선택권이 없었다. 그 옷들을 입느냐 벌거벗고 다니느냐 둘 중 하나였다. 나는 손에 잡히는 대로 옷을 배낭 안에 쑤셔 넣었다.

이제 내 짐에 빠진 거라곤 딱 한 가지였다. 가장 중요한 한 가지, 바로 무기였다. 부모님은 벌써 곤히 주무셨다. 아빠는 거실에 있는 소파에서 코를 골고, 엄마는 부부 침실에서 잠을 자고 있었다. 소파 앞을 지난 나는 멋진 포마이카 찬장을 열고 22구경 엽총을 꺼냈다. 아빠가 토끼를 잡던 총이었다. 상자 속에 남아 있던 총알 몇 알도 챙겨서 주머니 안에 넣었다. 사실 총알 같은 건 전쟁터에 나가기만 하면 나한테 더 줘야만 한다. 많은 적을 쓰러뜨리려면 내가 가진 총알만으로는 부족할 테니 말이다. 그리고 총을 어떻게 쏘는지도 가르쳐 줘야만 할 것이다. 집에선 총에 손을 대는 게 절대 금지였으나, 이제 그 총을 내 손에 거머쥔 이상 그 무엇도 예전 같지는 않으리라.

그때 아빠가 벌떡 몸을 일으켰다. 아빠가 나를 똑바로 쳐다보는 바람에 그 자리에서 꼼짝없이 죽는 줄 알았다. 그런데 이내 다시 쓰러진 아빠는 돌아눕더니 곧다시 코를 골기 시작했다. 나는 눈을 내리깔고 아래를 쳐다봤다. 내 발치에 커다란 물웅덩이가 만들어져 있었다.

할 수 없이 옷을 갈아입어야만 했다. 그러느라 시간을 꽤나 많이 허비했지만, 그래도 마침내 내 방 창문을 열었다. 바위에 닿으려면 그저 몸을 숙이기만 하면 되었고, 또 실제로 그렇게 했다. 바위는 서늘했다. 햇볕이 단 한 번도 이곳까지는 닿지 않았다. 자명종 시계의 커다란 숫자들은 계속 돌아갔는지, 내가 알지 못하는 시각을 가리키고 있었다. 나는 셸 점퍼를 걸치고서 머리맡 전등을 켰다가 끄기를 세 번 반복했다. 왜냐하면 매일 저녁 잠자리에 들면서 그렇게 하지 않으면 꼭 그날 밤에 자다가 죽을 것만 같았기 때문이다.

그런 다음, 창문턱을 넘었다. 주유소 전경을 눈에 아로새기기 위해 마지막으로 뒤를 돌아다본 후 작업장 뒤편의 소나무 숲으로 들어갔다.

그 후에는 딱 한 번만 더 주유소를 봤을 뿐이다.

전쟁의 화염, 공병, 빛. 이런 건 모두 나와는 전혀 상관없는 것이라고, 사람들은 나한테 끝도 없이 반복해서 이야기했다. 이젠 말해야겠는데, 나는 좀 이상하다. 사실 그런 것 같지 않은데, 다른 사람들이 나 보고 이상하다고 한다.

신체적으로 보자면, 나는 정상이다. 아니, 목욕을 하고 나서 거울을 쳐다볼 때면 심지어 썩 괜찮다는 생각마저 든다. 젖은 머리카락을 뒤로 가지런히 빗어 넘기면 콧수염만 없을 뿐, 돈 디에고 데 라 베가[2]와도 약간 닮았다. 내가 말을 하면 사람들은 잘 알아듣는다. 누군가가 내 무릎을 한 방 치면, 내 다리는 소나무 아래 묻어

---

2 Don Diego de la Vega. 존스턴 매컬리가 1919년에 쓴 소설의 주인공으로 조로라는 가명으로 더 잘 알려져 있다.

놓은 잡지를 꺼내 볼 때 내 고추처럼 벌떡 위로 치솟는다. 내가 다른 사람들과 완전히 같지 않다면 그건 내 머릿속 때문이다. 적어도 바르데 박사님은 말리제로 찾아간 우리 부모님에게 그렇게 설명했다.

책상 위에 놓인 멋진 알파 로메오 줄리에타[3] 사진을 가리키며, 아빠는 나한테 사물을 있는 그대로 보아야 한다고 말했다. 이를테면 나도 겉모습은 알파 로메오 줄리에타와 비슷하지만, 그 속에 든 엔진은 2CV[4]용 엔진이라는 식의 이야기였다. 아빠는 무슨 뜻인지 알겠느냐고 물었고, 나는 그렇다고 대답은 하면서도 솔직히 확신은 들지 않았다. 알파 로메오처럼 멋진 자동차를 가진 사람이 도대체 뭐하러 기름 냄새 맡으며 엔진을 들여다본단 말인가? 나는 자동차란 잘 굴러가기만 하면 아무 문제 없다고 생각한다. 게다가 알파 로메오처럼 그렇게 새빨갛고 그렇게 멋들어진 자동차라면 특히 더 그렇다.

물론 나도 조금은 성능이 더 좋은 엔진을 가졌으면 싶을 때가 있기는 하다. 굳이 8기통까지는 아니더라도

3 이탈리아의 경주용 자동차 전문 회사에서 제작한 한 모델.
4 Deux Chevaux. 프랑스 시트로엥 사에서 제작한 모델로, 초보 수준의 2기통 엔진을 장착한 자동차.

가령 4기통 엔진 정도만 된다면, 내가 힘들 때 도움이 될 테니 말이다. 나는 셈에는 젬병이고, 글자를 쓸라치면 머릿속에서 온갖 글자가 제멋대로 뒤엉키다가 팔이 헛나가고 결국 펜 끝에서 글씨가 불어 터진 스파게티처럼 엉겨 버렸다. 내가 학교를 그만둔 것도 다 그 때문이었다. 아주 간단한 것조차 나는 제대로 해내지 못했다. 보통 이런 경우 나를 특수 학교에 보냈어야 마땅했다. 사람들은 홍보 책자까지 보내 주었다. 널따란 복도에 아이들과, 이들 어깨에 손을 얹은 채 미소 짓는 어른들이 함께 찍힌 사진으로 채워진 홍보 책자였다. 하지만 우리가 사는 곳에는 그런 종류의 학교가 없었고, 사람들 또한 그런 것엔 전혀 관심도 없었다. 나부터 그랬다. 그래서 나는 주유소에서 일을 했다. 비록 글자는 불어 터진 스파게티 면처럼 괴발개발 쓴다지만, 나처럼 완벽하게 기름 탱크에 기름을 가득 채우는 사람은 어디에도 없다. 나는 소리만 듣고도 자동차 기름 탱크가 가득 차는 순간을 정확히 알 수 있다. 단 한 방울의 기름도 허투루 흐르지 않게 하려면, 아니 그 정도가 아니라 아예 기름이 차체에 묻지 않게 하려면 어떻게 해야 하는지 알고 있다. 바르데 박사님이라면 대체 어떻게 기름 탱크

31

를 가득 채우는지 한번 보고 싶다. 그럼, 그렇고말고. 아마 볼 만할 거야. 너무 웃겨서 뒤로 자빠질 지경일 거야. 나도 박사님과 그의 고급 엔진을 실컷 비웃어 줄 수 있을 텐데.

나는 기억을 잘 못한다. 적어도 기억해야 마땅한 것들을 제대로 기억하지 못한다. 그런가 하면 이따금 쓸데없는 세부 사항 같은 건 아주 정확하게 기억하기도 했다. 예컨대 아빠의 연장통에 적힌 번호들은 절대 외우지 못하면서도 그 안의 확대기들을 정돈하는 순서는 틀리지 않는 식이었다. 어쨌든 숨을 헐떡이며 소나무 사이를 오르는 사이에 학교는 아득히 멀어져 갔고, 주유소에서의 삶도 마찬가지였다. 행여 누군가가 〈한 달 전〉 또는 〈10년 후〉라고 말한다면, 나는 지금, 바로 이 순간, 그러니까 내가 확실히 존재하고 있는 순간, 뭔가에 베이면 눈물이 나고, 입에 문 카랑바르⁵가 턱에 철커덕 달라붙어 행복한 지금 이 순간에 비추어 어떻게 해야 그 시간을 위치시킬 수 있는지 잘 모르겠다.

어찌 되었든 내가 아주 잘하는 일도 있다. 우선 힘이 세다. 늘 집 밖에서 타이어나 장작처럼 무거운 걸 끊임

5 아이들이 좋아하는 캐러멜 막대 사탕을 대표하는 상표.

없이 들어 올리다 보니 저절로 그렇게 되었다. 그 일이, 그러니까 무거운 걸 들어 올리는 일이 좋다. 왜냐하면 그때만큼은 나도 어느 누구 못지않기 때문이다. 또 높은 곳에도 잘 올라간다. 내가 어찌나 높이 올라가는지, 한번은 내가 주유소 뒤편 절벽을 타고 올라가는 걸 보고서 엄마가 기절을 한 적도 있다. 그 때문에 거기서 내려온 직후 나는 보기 좋게 얻어맞았다. 아빠가 내 뺨을 어찌나 세게 때렸던지 이빨도 하나 부러졌다. 다행스럽게도 부러진 이는 젖니였다.

그날 저녁엔 마치 대낮처럼 주위가 잘 보여서 나는 소나무 숲을 빠져나오면서 쉽게 오솔길을 찾았다. 오솔길은 마치 절벽에 흰 분필로 상처를 내기라도 한 듯 거대한 Z자를 그리고 있었다. Z자는 조로 덕분에 내가 알고 있는 유일한 글자였다. 나는 소리를 내지 않으려고 조심했다. 그건 그냥 습관 같은 거였는데, 대체로 사람들 눈에 띌 때마다 꼭 끝이 좋지 않다 보니 몸에 밴 버릇이었다.

나는 기어오르기 시작했다. 기어오르다가 중간쯤에서 잠깐 멈추었다. 너무 숨이 찼다. 그렇게 힘든 곳이었는지 잘 기억이 나지 않았다. 지난번에 왔을 땐 한 번도 쉬지 않고 올라갔고, 하늘까지도 계속 올라갈 수 있을 것만 같았다. 그런데 이번엔 심장이 쿵쾅대고, 옆구리 한쪽도 뻐근했다.

주유소는 더 이상 보이지 않았다. 하지만 주유소에 도착하기 직전의 도로가 지나는 다리는 보였다. 다리는 한 손으로도 가려질 만큼 아주 자그마했다. 겁이 나는 동시에 짜릿했다. 저기 저 아래 어딘가에서 부모님은 자고 있겠지. 저기 저 위에서는 산지사방에서 기관총이 불을 뿜을 것이다. 비록 내 귀엔 아무 소리도 들리지 않지만. 아직 나는 전쟁터에서 너무 멀리 떨어져 있었다. 한참을 가야 할 거라고 스스로 마음을 다졌는데, 지난 번에 고원의 가장자리 너머를 굽어보았을 때, 거기엔 바다처럼 펼쳐진 거대한 풀밭이 있고, 양 떼가 그 풀밭 위에서 파도처럼 굽이쳤기 때문이다. 그러니 앞으로도 한참을 더 가야만 할 터였다. 어쩌면 산을 여러 개 넘어야 할 수도 있었다. 모든 사람한테 내가 어떤 고생을 견뎌 냈는지 증명해 줄 전투에 참가하려면 말이다. 그렇다면 나한테는 허비할 시간이 없었다.

그런데 웃기는 건, 내가 단 한순간도 사람들이 나를 찾으리란 생각을 하지 않았다는 사실이다. 비비안이 그 이야길 꺼냈을 때, 그러니까 한참 후에, 생각해 보니 아닌 게 아니라 그건 너무 당연한 일인 것 같았다. 그런데도 나는 바로 뒤에 일어날 일조차 생각을 하지 않는다. 그리고 이건 내가 가진 또 다른 문제다. 나는 아빠의 22구경 장총을 어깨에 비스듬히 걸머진 채 다시금 천천히 걸음을 뗐다.

바로 그 순간, 나는 전쟁터에서 사용할 물건들을 챙겨 넣은 배낭을 잃어버렸다는 사실을 깨달았다.

주변이 빙빙 돌기 시작했다. 어디가 높은 데고 어디가 낮은 덴지조차 분간할 수 없었다. 오솔길이 내 발밑에서 점점 쪼그라들더니 절벽 속으로 빨려 들어가 버리는 느낌이었고, 나는 온 힘을 다해서 악착같이 암벽에 달라붙었다. 얼굴은 땀범벅이 되고, 추웠다 더웠다 구토가 일었다. 아래로 떨어질까 봐 무서워 죽을 지경이었지만, 어떤 목소리가 모든 게 다 잘될 거다, 넌 그냥, 이렇게, 폴짝, 뛰어내리기만 하면 된다, 그러면 다시는, 앞으로 절대로 아무것도 무서워하지 않아도 된다고 속삭였다. 정말이라니까, 그 누구도 너를 데리러 오지 않을뿐더러 너를 바보라고 놀리지도 않을 거라니까. 작은 목소리는 내가 큰 거미처럼 두 손으로 있는 힘을 다해 바위를 움켜쥐고 있는 동안 〈뛰어내려, 뛰어내리라니까〉라고 속삭거렸다. 두 눈을 꽉 감았다. 하지만 결과는 더 고약했다. 산이 뒤집히는가 싶더니 내 머리는 허공에서 떠돌고 두 발은 하늘에서 버둥거렸다. 구역질도 더 심하게 났다.

결국 두 손은 작은 목소리가 시키는 대로 힘을 놓아 버렸다.

주유소 쪽으로 끝도 없이 추락하는 동안, 나는 이전에도 똑같은 경험을 한 적이 있다는 사실을 기억해 냈다. 그때는 절벽에서 떨어진 게 아니라, 공황 장애 발작이 일어나서였다.

그러고 보니 그 일을 거의 잊고 있었다. 크리스마스 무렵이었다. 학교에서는 아기 예수님 탄생 연극을 준비하고 있었다. 선생님이 누가 어떤 역할을 하고 싶은지 아이들한테 묻자, 모두들 너 나 할 것 없이 아기 예수님 역할을 하고 싶다고 달려들었다. 결국 아기 예수님 역할은 세드릭 루지에게 돌아갔는데, 이상한 점은 세드릭이 우리 반에서 키가 제일 큰데 아기 역할을 맡았다는 거였다. 아이들은 저마다 한꺼번에 떠들어 댔다. 결국 남은 역할은 당나귀뿐이었는데, 선생님이 그럼 당나귀는 누가 맡고 싶으냐고 물었을 때 한 아이가 내 이름을 댔고, 반 아이들 사이에서는 웃음이 터져 나왔다. 나는 아무래도 상관없기 때문에 당나귀 역할을 하겠다고 대답했고, 그러자 아이들은 더 크게 웃어 댔다.

하지만 선생님은 웃지 않았다. 선생님은 심지어 나를 위해 대사도 만들어 주었다. 「거룩한 아기야, 우리 동물들도 너를 경배한단다.」 그 대사라면 지금도 똑똑히 기억한다. 아이들은 내가 말도 할 줄 아는 당나귀인 걸 알자 처음보다 덜 웃었다. 우리는 극장에서 빌려 온 진짜 무대 의상까지 갖춰 입었다.

크리스마스 날 저녁, 우리는 마을 사람들 전부가 지켜보는 가운데 공연을 했다. 세드릭 루지에의 다리는 구유 밖으로 삐져나왔고, 삐져나온 발에 신은 양말엔 구멍이 나 있었다. 양 역할을 맡은 마르탱 발리니는 자기가 무대 한가운데를 차지하려고 다른 아이들을 자꾸만 밀어 댔다. 내 차례가 되었고, 나는 당나귀 분장을 한 채 무대로 나아갔다. 그런데 바로 그 순간, 내가 방금 절벽에서 느낀 것과 똑같은 감정을 느꼈다. 왜냐하면 모든 눈이 나를 지켜보고 있었기 때문이다. 사실 사람들이 나를 쳐다보는 것엔 익숙한 편이었지만, 그래도 그런 식으로 쳐다보는 건 아니었다. 부모님 말로는, 내가 서부 영화에서 말이 총을 맞았을 때처럼 몸이 뒤로 젖혀지더니 장작처럼 뻣뻣하게 넘어졌다고 했다. 천사들이 나를 무대 밖으로 끌고 나갔다. 그런데 정작 나는 그 일에 관해서라면, 세드릭 루지에의 구멍 난 양말만 또렷하게 기억할 뿐이다. 그 구멍이 엄청나게 커지더니 나를 꿀꺽 삼켜 버렸다. 다시 눈을 떴을 땐, 여러 개의 머리가 나를 내려다보고 있었다. 제일 가운데에 신부님의 머리도 보였다. 신부님은 괜찮으냐고 물었고, 나는 〈거룩한 아기야, 우리 동물들도 너를 경배한단다〉라고 대답했다. 그런 다음 저녁 식사로 먹은 렌즈 콩을 모두 토해 냈다.

나는 밤공기를 듬뿍 들이마셨다. 교회와 점판암, 광대나물 냄새가 뒤섞여서 나는 매캐한 향. 계곡 한 귀퉁이로 떨어지긴 했지만 죽지는 않았다. 길도 사라져 버린 게 아니라 거기 그대로 있었다. 손바닥 아래로 단단하고 하얀 것이 만져지는 걸 보니 말이다. 바위에 닿으면서 뺨만 살짝 긁혔을 따름이다. 그런데 총이 보이지 않았다. 내가 떨어지면서 놓치는 바람에 허공 어딘가에서 사라져 버린 모양이었다.

절벽에 기댄 채 숨을 골랐다. 이런 꼴로 산꼭대기 사람들한테 입대하러 왔다고 하면 꽤나 웃을 것 같았다. 그들은 분명 〈근데 네 전투 장비는 어디 있지?〉라고 물을 거고, 그러면 사실대로 털어놔야 할 테니까. 전투 장비는 깜빡 잊고 안 가져왔고, 무기는 분실했으며, 그런 사실을 깨달은 순간 그만 공황 장애 발작까지 일으켰노라고 말이다. 게다가 이런 상태로 집으로 돌아간다면 실컷 얻어맞을 게 분명했다. 총을 잃어버린 걸 만회하려면 아무래도 훈장을 두 배로 타야만 하리라.

그러자 갑자기 모든 것이 너무나 복잡하게 여겨졌다. 두 눈꺼풀에 잔뜩 힘을 주었다. 이대로 주유소로 되돌아갈 순 없었다. 그건 확실했다. 만일 집으로 돌아간다면, 누군가가 나를 어딘가로 데려갈 것이다. 더구나 내가 한밤중에 몰래 집을 빠져나왔으며, 22구경 장총이 없어졌다는 사실까지 다 밝혀지면 더 말할 나위도 없었다. 그러니 어떡하든 계속 내 갈 길을 가야 한다. 가다 보면 어디에선가 먹을 건 구할 수 있겠지. 배낭 깊숙이 넣어 둔 다진 돼지고기 볶음 샌드위치는 아쉽지만 단념할 수밖에.

몸을 일으킨 나는 다시 길을 떠나기에 앞서 잠시 뜸을 들였다. 두 다리, 나를 내팽개치지 않고 든든하게 받쳐 주는 어른의 다리가 제대로 잘 붙어 있는지 확인해 보기 위해.

정상에 이르렀을 때는 여전히 컴컴한 밤이었다. 산꼭대기까지 오르는 데 시간이 얼마나 걸렸는지는 알 수 없지만, 어쨌든 같은 날 밤이었고, 그것만은 확실했다. 고원은 내가 기억하는 모습과 같았다. 풀이 짧게 깎여 있는 것만 제외하면 말이다. 사방이 산들로 둘러싸여 있고, 산들 사이사이로는 대양만큼이나 드넓은 풀밭이 펼쳐져 있었다. 나는 이곳을 좋아했는데, 왜냐하면 본래 변하지 않는 것을 좋아하기 때문이었다. 변하지 않는 것은 적어도 반짝이는 것만큼이나 좋다. 이내 깎아 놓은 꼴의 내음 속으로 나는 코를 들이박았다.

마침내 해가 떠오르자 해 쪽으로 몸을 돌렸다. 해는 지평선 위로 떠올라 고원에서 유일하게 트인 방향으로 흘러가는 붉은 물길 같았다. 아직은 모르고 있지만, 그 방향은 머지않아 내가 추락하게 될 쪽이었다.

별안간 붉은 빛이 희게 변하면서 고원이 환하게 빛나기 시작했다. 고원은 이 세상에서 가장 아름다운 곳이었다. 풀밭 위로는 엄청나게 큰 바위 하나가 불쑥 튀어나와 있었는데, 그 바위 곁에 누워 잠을 청했다. 두 눈을 감기 직전에 나는 커다란 진홍빛 꽃이 달린 뿌연 잠두를 보았다. 꽃대에서는 이슬을 머금은 딱정벌레가 해를 향해 기어가고 있었다.

거룩한 아기야, 우리 동물들도 너를 경배한단다.

해 때문에 잠에서 깼다. 하얗게 달아오른 엄지손가락 같은 해가 내 눈꺼풀을 지그시 누르고 있었다. 나는 계속 잠을 잘 요량으로 한 팔을 눈가에 둘렀다. 주위는 고요했고, 오직 대기가 지표면을 스치는 소리만 들릴 뿐이었는데, 그 고요함 속에서 뭔가 다른 것, 바람이 새긴 형체 같은 것이 느껴져서 결국 눈을 뜨고 말았다.

한 여자아이가 나를 쳐다보고 있었다. 바위에 앉아 양 무릎을 두 팔로 끌어안고서 그 무릎 위에 턱을 괸 채로. 내가 깜짝 놀라자 그 아이도 덩달아 놀랐다. 우리는 뭘 어떻게 해야 할지 몰라 그저 서로 바라보기만 했다.

「네가 죽은 줄 알았어.」 마침내 여자아이가 입을 열었다.

쉰 것 같기도 한 그 아이의 목소리는 아주 특이했는

데, 어린아이 몸집과는 어울리지 않는 성인 여자 목소리 같았다. 아이는 몹시 가냘팠는데, 어찌나 말랐는지 돌풍 사이라도 아무도 건드리지 않고 사뿐히 빠져나갈 수 있을 듯이 보였다. 머리는 짧고 금발이며, 이마 위로 길게 내려오는 앞머리 때문에 사내아이 같은 모양새였다. 하지만 뭐니 뭐니 해도 그 아이의 눈을 보고 제일 충격을 받았다. 그러니까 내가 충격을 받았다고 하면 그건 정말로 한 대 얻어맞은 기분이 들 때를 말하는데, 여자아이의 눈에는 분노가 담겨 있었기 때문에 충격이었다. 나는 정말이지 아무 짓도 하지 않았는데 말이다.

나는 아니라고, 죽지 않았다고 대꾸했다. 그 계집애가 날 그냥 내버려 두길 바랐다. 내 딴엔 생각을 좀 해볼 필요가 있었다. 그도 그럴 것이, 처음으로 부모님에게서 멀리 떨어진 채 잠을 잤으니 그것이 무엇을 뜻하는지 이해하기 위해서는 생각을 해야 마땅했다. 게다가 맹세코 그건 분명 아주 중요한 문제였다. 하지만 계집아이는 그냥 내버려 두기는커녕 양 미간을 찌푸리며 나를 쏘아보았다. 그 눈초리는 내가 처음 말을 걸 때마다 사람들의 표정에 나타나곤 하는 깜짝 놀라는 눈초리와는 달랐다. 그래서 신경이 곤두섰는데, 왜냐하면 그건 새로운 표정이었고 나는 새로운 거라면 그다지 좋아하지 않기 때문이었다.

여자아이는 묻지도 않았는데 자기 이름을 알려 줬다. 비비안. 그런데 내 이름을 알려 주려고 하니까, 나한테는 말할 기회를 주지 않았다.

「아프니? 네 얼굴 말이야.」

뺨을 만져 봤다. 절벽에 스쳤던 곳이 딱딱하고 꺼끌꺼끌했는데, 그저 약간 쓰라렸다. 나는 우는 소리를 냈다. 그러자 여자아이는 내 점퍼, 등에 붉은 글자들이 적혀 있는 노란 점퍼를 가리켰다.

「셸이라니, 웃기는 이름이네.」

여자아이는 대뜸 웃음을 터뜨렸다. 그 아이의 웃음은 꽤 근사했다. 상큼하고 기분이 좋았다. 그런데 내 이름은 셸이 아니야. 셸은 정유사 상표거든. 내가 설명해 주었다. 여자아이는 그런 건 아무래도 좋다는 투였다. 그냥 셸이란 이름이 마음에 든다고 했다. 다른 어떤 이름도 그보다 더 나한테 잘 어울릴 수는 없을 테고, 심지어 다른 이름은 후져 보일 거라고도 덧붙였다. 그런 말까지 듣고 나니 그 아이한테 내 이름을 알려 주기가 난처했다.

「후진 건 바로 너야.」난 대신에 이렇게 응수했다.

갑자기 달리 대답할 말이 생각나지 않아서 그런 말이 튀어나왔는데, 솔직히 썩 괜찮은 대꾸였다. 어찌나 그럴싸했는지, 비비안은 이를 악물고 바위에서 내려왔다. 난 그 아이가 나를 덮치려는 줄로만 알았다. 내가 힘이 세긴 하지만, 그 순간 여자아이는 〈정말로〉 화가 난 듯 보였고, 그래서 마음이 영 불안했다. 계집아이가 말을 할 때마다 그 목소리는 바람을 연상시켰다.

「너한테 말해도 좋다고 허락한 적 없어.」여자아이가 말했다.

「난 말하고 싶을 때면 언제나 말을 하거든.」

「난 네가 싫어.」

「나도 마찬가지야.」

여자아이는 뭔가 골똘히 생각하는 눈치더니, 곧 하늘을 올려다보고 땅을 내려다봤다. 그 아이가 발끝으로 먼지를 일으키며 땅에 작은 구멍을 냈다.

「뭘 하니?」

나는 덩치가 더 커 보이게끔 힘껏 숨을 들이마셨다.

「난 전쟁에 나갈 거야.」

「무슨 전쟁?」

코웃음이 나왔다. 무슨 전쟁이냐고? 얘는 텔레비전도 안 보나?

「텔레비전에 나오는 전쟁.」

「왜?」

이 모든 질문들이 나를 피곤하게 했다. 여자아이가 내 몸에 손가락 하나 대지 않았는데도 어쩐지 따귀를 맞고 있는 듯한 느낌이 들었다.

「응, 그냥.」 나는 이렇게 대답했다. 「남자 어른들은 으레 전쟁에 나가잖아.」

계집아이는 땅에 침을 뱉었다. 이 또한 여자아이의 몸집과는 어울리지 않는 행동이었지만, 그 아이의 눈에 어린 분노와는 잘 어울렸다. 계집아이는 또 물었다.

「왜?」

「왜라니, 뭐가?」

「넌 어른이 되고 싶구나.」

나는 뭐라고 대꾸해야 좋을지 몰랐다. 하지만 비비안은 그런 것쯤 아무렇지도 않은지 나 대신 자기가 대답을 했다.

「너는 꺽다리 멍텅구리일 뿐이야. 그게 이유야.」

꺽다리가 무슨 뜻인지 몰랐지만, 멍텅구리란 말은 알

고 있었기 때문에 기분이 썩 좋진 않았다. 나는 두 주먹을 불끈 쥐었다.

이내 계집아이가 날 무서워한다는 걸 눈치챘다. 전에 언젠가 아빠와 함께 사냥을 나가려던 참이었다. 마르텔 씨네 아들이 멧돼지로 오인받아 총을 맞고 죽어 버리기 전까지는 그러려고 했는데, 그런 일이 터지자 엄마는 내가 사냥에 따라나서지 않으면 좋겠다고 말했다. 하지만 나는 그때 개들에게 몰린 여우가 어떤 표정을 지었는지 떠올렸는데, 지금 비비안의 얼굴이 바로 그런 꼴이었다. 그래서 곧바로 움켜쥐었던 주먹을 슬그머니 풀었다. 그 아이의 눈에 어느새 눈물이 그렁그렁 맺혀 있었다. 좀 바보 같은 소리긴 하지만, 그 모습을 보고 있자니 어쩐지 나도 자꾸 울고 싶어졌다.

「난 네가 싫어.」 여자아이가 같은 소리를 반복했다.

「난 네가 아까보다도 더 싫어.」

계집아이가 획 등을 돌려 가버리자, 더 이상 그 아이의 눈을 보지 않아도 된다는 생각에 천만다행이다 싶기까지 했다. 한참을 가던 계집아이가 뒤를 돌아다봤다.

「내일 다시 올게.」

나는 웃음을 터뜨렸다. 가끔 내가 그렇게 요란스럽게

웃어 대면 사람들은 겁을 집어먹곤 했다. 대체 저 계집 아이는 무슨 생각을 하는 거지? 내일이면 난 벌써 멀리 가 있을 텐데. 고원 반대편에 있을 거라고. 어쩌면 벌써 전쟁에 나가 있을지도 모르는데 말이야. 나는 계집아이 를 놀려 줄 생각으로 입을 열고는 외쳤다.

「좋아.」

이튿날, 여자아이는 오지 않았다. 나는 온종일 그 아이를 기다렸다. 만일 손목시계가 있었다면, 내내 그 시계만 쳐다봤을 것이다. 하긴 그래 봐야 달라질 거라곤 없었겠지만. 왜냐하면 어차피 시곗바늘을 어떻게 읽는지 모르니까. 시곗바늘은 사람들이 쳐다보지 않을 때도 움직이는데, 당연히 나는 그런 거라면 질색이다. 사람들이 뭐라고 설명을 하건, 내가 볼 때 그건 정상이 아니었다.

산이라고 하면, 이건 훨씬 이해하기 쉬웠다. 산은 언제나 거기에 꼼짝 않고 있고, 어느 누구한테 어떤 것도 요구하지 않으며, 언제나 그 모양 그대로일 따름으로, 등만 돌리고 돌아서면 눈 깜짝할 사이에 초콜릿이나 18호 스패너로 변하는 법이 없으니 말이다. 나는 계곡이며 주유소, 고원을 좋아했는데, 왜냐하면 이것들은 언제나 한결같기 때문이다. 설사 겨울에 눈이 내린다 해도 금세 알아볼 수 있는데, 그건 그냥 변장을 했을 뿐 사실상 같은 거라는 걸 나는 알았다. 그러니까 그건 그냥 놀이 비슷한 것이었다.

여자아이를 기다리다 보니 따분했다. 주유소에서라면 항상 뭔가 할 일이 있었다. 가령 무거운 걸 들어 올린다거나 전화기를 반짝거리게 윤내는 일들 말이다. 그런 일을 하고 난 뒤에는 누워서 피부 속 강철같이 단단해진 근육을 만져 보거나, 아니면 베이클라이트 전화기가 반짝이는 걸 감탄스럽게 바라보곤 했다. 그러면 하루가 지나갔다.

그런데 고원에서는 두 팔을 어떻게 놀려야 할지 알수 없었다. 손끝에 매달려 축 늘어져 있는 팔이 무겁게만 느껴졌다. 할 수 있는 일이라곤 그저 걷거나 ─ 하지만 비비안을 기다려야만 했기 때문에 그다지 걷고 싶지 않았다 ─ 아니면 둥글게 말아 놓은 꼴 위로 기어오르는 일 정도였는데, 꼴 근처에 가는 건 위험천만했다. 언젠가 할머니가 어릴 때 원통 모양으로 된 밀가루 포대 아래서 놀다가 둥그런 덩어리가 구르는 바람에 그 아래

깔릴 뻔했다는 이야기를 들려준 적이 있었다. 할머니의 부모님은 빵을 만들어 팔았다. 둥그런 밀가루 포대나 꼴 더미는 내가 보기에 그다지 다를 게 없었다. 공연히 잘난 체하다가 죽은 채로 비비안에게 발견되고 싶진 않았다. 그렇게 되면 정말이지 엄청 멍청해 보일 테니까. 그런 까닭에 나는 커다란 원통형 꼴과는 적당한 거리를 유지했다.

나는 할머니 이야기를 할 수밖에 없는데, 그 이유는 할머니가 나한테 보통 사람 대하듯 말을 걸어 준 몇 안 되는 사람 가운데 하나였기 때문이다. 나머지 사람들이라면 물론 비비안과 양치기 마티 아저씨를 꼽아야 한다.

할머니는 먼 지방에서 태어났다. 그 지방 이름은 A자나 E자, 아니면 I자로 끝났다. 암튼 Z자로 끝나지는 않는다. 만일 그랬다면 내가 틀림없이 기억했을 것이다. 어쨌든 할머니는 R자를 몹시 굴려서 발음하는 지방에서 태어났다. 언젠가 할머니가 분명 거기 살 때 겪은 전쟁 이야기를 한 적이 있는 것 같은데, 그때만 하더라도 너무 어렸고, 또 아직 전쟁에 그리 관심이 없었다. 그래서 차라리 빵집 이야기를 해줄 때가 더 좋았다. 난 할머니가 아이였다는 거며 밀가루를 뒤집어쓴 적도 있었다는 걸 도무지 상상할 수가 없었는데, 왜냐하면 할머니는 늙은 데다 언제나 검은색 옷만 입기 때문이었다. 할머니가 들려주는 이야기는 책에 적힌 이야기들보다 훨씬 더 재미있었는데, 어차피 난 책이라면 읽지도 못하니 그럴 수밖에 없었다. 할머니는 엄마의 엄마였다. 할머니는 어느 날 우리 주유소에 도착하더니 우리 집 거실에서 지냈다. 내가 계속 크는 동안 할머니는 점점 더 작아졌다. 그러던 어느 날 밤 할머니는 완전히 자취를 감춰 버렸다. 그날 밤 내 귀엔 무슨 소리가 들렸는데, 소곤소곤 속삭이는 사람들 목소리였다. 난 두 눈을 뜨려고 애를 써보았지만 그럴 수 없었고, 이튿날 아침 잠에서 깨어났을 때 할머니는 벌써 집에 없었다. 사람들이, 할머니가 죽었다고, 멧돼지로 오인받은 마르텔 씨네 아들처럼 죽었다고 말해 주었다. 그래서 충격을 받았는데, 나로서는 사람들이 어떻게 할머니와 멧돼지를 혼동하는지 도저히 이해할 수 없었다.

할머니는 언제나 나한테 이르길, 누군가가 우리 〈엄마mère〉한테 〈저주sort〉를 내렸고,[6] 그래서 네가 이렇게 된 거니까, 사람들이 엄마에 대해 수군대는 나쁜 소

6 원문에서 할머니는 R발음을 굴리고 있다.

리들일랑 흘려버리라고 했다. 나는 한 번도 누군가가 엄마를 두고 나쁜 말을 하는 걸 들어 본 적이 없었다. 사람이 어떻게 그런 일을 할 수 있는지 도무지 이해가 가지 않는다. 할머니는 묵주 기도를 암송하게 했는데, 사람들은 내가, 아무것도 외우지 못하는 내가 묵주 기도를 가뿐히 외울 때마다 놀라곤 했다. 묵주 기도는 아주 쉬웠다. 묵주에는 언제나 같은 수의 묵주 알이 있고, 묵주 알마다 언제나 똑같은 수의 단어가 붙어 있는 데다, 그 묵주 알들은 반짝였다. 모든 것이 완벽했다. 그런데 지금 그 묵주가 어떻게 되었는지는 나도 모른다. 할머니와 같이 사라진 것 같다.

고원에서 아주 오랫동안 따분하지는 않았다. 정오가 되자 배가 고팠기 때문이다. 집에서는 배고플 때면 누군가가 먹을 것을 줬는데, 여기선 혼자니까 알아서 배를 채워야 했다. 그러자 갑자기 어른이 된다는 게 그리 신나는 일만은 아니란 생각이 들었다. 어쩌면 비비안이 하려던 말이 그건지도 모르겠다. 나는 그 아이가 렌즈콩─내가 제일 좋아하는 음식─이 수북하게 담긴 접시를 앞에 놓고 앉아 있는 광경을 상상해 봤다. 왜냐하면 그 아이는 있는 그대로의 자기 모습 말고 다른 것이 되려는 마음이 전혀 없었으니까. 비비안은 약은 아이였다. 나는 그걸 대번에 알아차렸고, 그렇기 때문에 그 아이를 다시 만나고 싶었다. 게다가 그 아이가 좀 예쁘기도 하니까.

렌즈 콩 생각만 하면 배에서 꼬르륵 소리가 났다. 주머니에서 사탕 다섯 개를 찾았는데, 부모님이 보지 않을 때 주유소 유리병에서 슬쩍한 것들이었다. 카랑바르 반 토막도 찾아냈다. 나는 그것들을 천천히 씹었다.

배고픔이 조금 가시긴 했지만 그것만으로는 충분하지 않았다. 절벽 가장자리에, 열매를 잔뜩 달고서 거의 허공에 매달려 있다시피 자라난 소귀나무 두 그루가 내 눈에 들어왔다. 하지만 바위를 벗어나면 비비안을 놓치게 될까 봐 불안했다. 한참 망설였다. 한쪽엔 검은 눈의 계집아이, 다른 쪽엔 노랗고 붉은 열매가 매달린 큰 소귀나무 두 그루. 결국 소귀나무가 이겼다.

나는 점퍼를 벗어서 양 소매를 십자가처럼 벌린 채 바닥에 펼쳐 놓았다. 비비안이 그걸 보면 내가 아직 그 근방에 있다는 걸 알 테니까. 그런 다음 자리를 떴다. 쏜살같이 달려가서는 눈 깜짝할 사이에 심지어 너무 익은 열매까지 먹을 수 있는 건 모조리 먹어 치웠다. 특별한 맛은 없고 그저 달기만 했지만 그래도 먹고 나니 훨씬 나았다. 기분이 좋아서 바위 쪽으로 되돌아왔는데, 그제야 소귀나무 열매를 다 먹지 말고 남겨 뒀어야 하는 건 아닐까 하는 생각이 들었다. 하지만 이미 때는 늦었다. 나는 내 뺨을 갈기고 싶었다.

물만큼은 적어도 문제없으리라는 걸 알고 있었다. 여긴 방목 지대니까. 풀밭에선 항상 졸졸 물 흐르는 소리가 들렸고, 사람들은 가끔씩 자기도 모르게 발이 물에 빠지기도 했다. 게다가 군데군데 가축들이 물을 마시는 물통도 있었다. 물통 바닥이 점판암으로 되어 있는 까닭에 검은 물이 가득 찬 것처럼 보여서 어찌나 예쁜지 그 안에 고개를 푹 담그고 싶을 정도였다.

점퍼는 그 자리에 그대로 놓여 있었고, 그래서 나는 비비안이 오지 않았다는 걸 알았다. 만일 그 아이가 왔다면 분명 점퍼를 그대로 놔두었을 리 없었다. 예컨대, 소매를 조금 옮겨 놓거나 점퍼를 우스꽝스러운 모양으로 접어 놨을 거다. 그런 거라면 확신할 수 있다. 비비안과는 딱 한 번 이야기를 나눈 게 전부지만, 그 아이를 잘 아는 것 같은 느낌이 들었다.

밤이 되었다. 바위에 등을 기댔다. 바위는 불덩어리처럼 뜨거웠다. 기운을 차리기 위해 딱 1분 동안만 눈을 감았는데, 다시 눈을 떴을 때는 벌써 날이 환하게 밝아 있었다. 램프를 세 번 껐다 켰다 할 새도 없이 잠이 들었건만 멀쩡히 죽지 않고 살아 있었다. 한편으론 다행스럽기도 했지만, 그래도 돌이켜 생각하니 조금 무섭기도 했다. 그래서 눈꺼풀을 세 번 깜빡였다. 무슨 일이 생길지 혹시 모르니까. 그렇게 하면 필요한 경우 램프를 대신할 수 있을 터였다.

풀밭 위를 몇 걸음 걸었다. 풀들은 그때까지도 아침녘의 빛으로 반짝였다. 내 발에 살포시 내려앉은 이슬 머금은 입맞춤. 나는 거기, 그렇게 있고 싶었다. 기분이 좋았다. 하지만 내 발은 나를 주유소로 데려가려는지 계속해서 고원 끝자락을 향해 나아갔다. 내 발은 벌써 거기서 혼자 있을 수 없다는 걸 알고 있었나 보다. 물론 열두 살 먹은 나에게는 그렇게 말하지 않았다. 두 발이 저희들끼리만 밤새 그런 말을 속삭이고는 나한테 한마디 상의도 없이 그렇게 집으로 돌아가기로 결정했고, 어쩌면 그 편이 차라리 나을 수도 있었다. 운이 조금만 따라 준다면, 나는 내 의지를 충분히 입증한 셈이 될 테고, 어쩌면 날 찾으러 온 사람들도 그 점을 인정해 줄 것이다.

그래도 풀밭에 벗어 놓은 점퍼는 챙길 필요가 있었다. 두 발은 여전히 방향 돌리기를 마다했다. 아무리 간청을 해도 들으려 하지 않았다. 그 때문에 나는 뒷걸음질 쳐야만 했다. 점퍼는 축축하게 젖어 있었지만, 그래도 그걸 입었다. 벌써 더웠다. 나는 마지막으로 바위에 올라 고원에 작별 인사를 할 참이었다.

사나운 돌풍이 불어왔다. 〈트라베소〉[7]가 어찌나 거센지 마치 담벼락처럼 완강해서 거기 기대어 잠을 자도 될 정도였다. 돌풍이 잠잠해지자 납작 엎드렸던 고원의 풀들이 다시금 몸을 일으켰다. 그때 나를 향해 걸어오는 가느다란 실루엣이 보였다.

7 프랑스 프로방스 지방에 부는 거센 바람.

비비안은 그렇게 바람 속에서 튀어나왔고, 우리 두 사람은 아무 말 없이 바위 뒤편에, 안전하게, 자리를 잡았다. 비비안을 다시 보게 되어 기뻤지만 할 말이 너무나 많은 탓인지 얼른 입 밖으로 나오지 않았다.

　　비비안은 왼쪽 눈 주위에 시꺼멓게 멍이 들어 있었다. 왼쪽, 그러니까 내 신발 밑창이 조금 너덜거리는 쪽이었다. 다행히 나는 짝이 잘 맞는 멀쩡한 신발을 신고 집을 떠났다.

　　「너희 아빠가 그랬어?」 내가 물었다.

　　계집아이는 어이없다는 듯이 나를 바라보더니 이내 웃음을 터뜨렸다. 비비안은 도대체 왜 그렇게 엉뚱한 생각을 하게 되었는지 알고 싶어 했다. 가장 최근에 한쪽 눈가에 멍이 든 건 아빠한테서 맞았을 때였거든. 부모는 자식한테 자주 그러지 않느냐고 내가 되물었다.

「아니, 우리 아빠는 아니야. 나 혼자 이렇게 만든 거야.」

그걸로 벌써 충분한 설명이었지만, 비비안은 계속 말을 이었다.

「한번 어떻게 되는지 알고 싶었거든. 그래서 내가 주먹 한 방 먹여 봤어.」

논리적이었으므로 나는 고개를 끄덕였다. 비비안은 내 쪽으로 몸을 돌리더니 풀밭에 무릎을 꿇고 앉았다.

「만일 주먹으로 나를 한 대 치라고 하면, 그렇게 할래?」

「네가 원한다면야.」

「좋아. 그럼, 해봐. 한 방 먹여 보라니까.」

나는 비비안 맞은편에 무릎을 꿇고 앉아 주먹을 꽉 쥐었다. 비비안은 두 눈을 감았지만, 나는 꼼짝도 하지 못했다. 이상하게 도저히 할 수 없었다. 원하는 걸 해주고 싶었지만, 꼭 비비안이 감은 눈꺼풀 너머로 나를 쳐다보는 느낌이 들었다. 비비안은 눈은 뜨지 않은 채 배시시 미소 지었다.

「난 벌써 알고 있었어. 넌 감히 네 여왕님을 향해 손을 치켜들지 못해.」

그 말에 나는 그저 한마디만 했다.

「어라?」

우리는 둘 다 다리를 앞으로 쭉 뻗은 채 앉아 있었다. 내 다리가 비비안의 다리보다 더 멀리까지 뻗었다. 비비안은 새하얀 발에 예쁜 샌들을 신고 있었다.

「넌 어디 살아, 셀?」

「주유소에.」

「어디 있는 주유소?」

나는 손가락으로 고원의 끝자락을 가리켰다.

「튀브 다리 건너면 바로 나오는 주유소. 근데 넌?」

「그건 비밀이야. 내가 누군지 알아?」

나는 고개를 저었다.

「난 여왕이야.」

나는 무엇의 여왕인지 알고 싶었다. 비비안이 양팔을 활짝 벌렸다.

「네가 보는 모든 것의 여왕.」

「고원?」

「응, 고원.」

「산들도?」

「응, 산들도. 나는 고원과 산들의 여왕이야. 나를 시중들고 싶어?」

「응, 나는 기름 탱크도 가득 채울 줄 알아.」

비비안이 웃었다. 왜 그랬는지 모르지만 나도 웃었다. 이제껏 여자 친구라고는 한 명도 없었는데, 지금 막 생기려는 참이란 생각이 들었다.

「내 시중을 들려면 내가 말하는 걸 모두 해야만 해. 기름 탱크를 가득 채우는 것만이 아니라.」

「좋아.」

「잠깐, 근데 규칙이 몇 가지 있어. 우선 넌 내가 허락하지 않는 한 나를 만지면 안 돼. 내가 네 여왕님이니까. 맹세해.」

나는 고개를 끄덕였다. 여태껏 여왕이라고는 본 적이 없었지만, 비비안이 하는 말은 논리적으로 들렸다.

「맹세할게.」

「그리고 이건 아주 중요한데, 넌 내가 어디 사는지 알려고 하면 안 돼. 언제나 내가 널 찾아올 거야.」

「어째서?」

「왜냐하면 내가 어디에서 오는지 알게 되면 마법이 풀려 버리거든. 그러면 나는 이 세상에서 제일 평범한 여자아이로 돌아가 버릴 테니까. 내가 갖고 있는 힘을 모두 잃게 된다는 말이야.」

「네가 힘을 갖고 있다고?」

「엄청난 힘.」

「그럼 비가 내리게 할 수도 있어?」

「응.」

「바람을 일으킬 수도 있고?」

「당연하지.」

「어디 한번 해봐.」

「너는 네 여왕님께 명령을 내릴 수 없어. 절대로 내가 어디 사는지 찾으려 하지 않겠다고 맹세해.」

「맹세할게.」

비비안은 자리에서 일어서더니 원피스에 붙은 풀잎들을 털어 냈다. 나는 그 옷이 파란색이었던 것으로 기억한다.

「우린 언제나 여기서 만나는 거야. 여기서 만나서 같이 내 영지를 탐험하는 거야.」 비비안이 여왕다운 쉰 목소리로 말했다. 「질문 있어?」

나는 질문이 없다고 대답했다. 전부 다 확실히 이해했다. 특히 마법 이야기는 엄마 일도 있고 해서 아주 잘 알아들었다. 엄마한테도 누군가가 저주를 걸었다고 했으니까. 물론 두 가지가 완전히 똑같지 않다는 건 알고 있었다. 비비안이 이야기하는 마법은 일종의 놀이인 반면, 엄마에게 내려진 저주는 놀이가 아니라 진짜 저주였으며, 내가 바로 그 증거니 말이다. 하지만 비비안이 어찌나 진지한지 나는 그 아이를 실망시키고 싶지 않았다.

나는 그저 비비안에게 너무 배가 고프다고만 말했다. 이렇게 배가 고프면 어떻게 여왕님을 섬길 수 있을지 아무리 생각해도 알 수가 없었다. 그러자 비비안은 걱정할 것 없다면서 아주 복잡한 문장을 읊조렸는데, 나는 다시 한번 말해 보라고는 차마 요구하지 못했다. 속으로는 비비안이 나한테 먹을 것을 가져다줄 것임을 눈치챘고, 그래서 제발 그게 렌즈 콩이었으면 좋겠다고 열심히 빌었다.

우리는 함께 놀이를 했다. 비비안이 생각해 낸 놀이였는데, 등딱지에 점이 제일 많은 무당벌레를 찾아내는 것이었다. 처음에는 무척이나 애를 먹었다. 점이라면 꽤 많이 찾았는데, 그 점들 주변에 무당벌레는 없었기 때문이다. 그러자 비비안이 어떻게 해야 하는지 그 방법을 가르쳐 주었다. 우선 색이 빨갛고 반짝이는 무당벌레를 찾아내고, 점은 그다음에 찾으라는 것이었다. 그 아이가 뭔가를 설명하면, 모든 게 훨씬 간단해졌다.

무당벌레를 가지고 노는 비비안은 정말 웃겼다. 조금 무서운지, 무당벌레가 자기 손 위로 기어오를 때마다 마구 흥분한 듯 꺅꺅 짧게 소리쳤다. 나는 짐짓 허풍쟁이처럼 행동했다. 여러 마리를 한꺼번에 잡았다가 비비안이 고함이라도 지르는 걸 보면 나 역시 약간 겁을 집어먹기 시작했으니까. 뭐가 겁나는지도 모르는 채 말이다. 비비안은 나보다도 훨씬 아는 게 많아 보였는데, 그런 비비안이 겁을 낼 땐 아마 다 그럴 만한 이유가 있을 거라는 생각이 들었다.

비비안은 내가 이기도록 내버려 두었다. 그 아이가 그렇게 말했기 때문에 나는 그걸 안다. 어쨌든 기분이 좋았다. 마침내 비비안이 자리에서 일어섰다. 돌아갈 시간이라고 했다. 비비안은 가려다 말고 내 쪽을 돌아다보았다.

「알고 있었어?」

「뭘?」

「바람이 그쳤잖아. 내가 그러라고 명령했거든. 자꾸 바람이 불면 내 옷이 구겨질까 봐.」

나는 바위에 올라가 비비안과 비비안의 파란색 원피스, 가장자리가 멍든 눈을 아주 작아질 때까지, 키 작은 나무만 하다가, 풀만 해지고, 벌레 한 마리만 해졌다가 마침내 물결치는 지평선에 묻혀 완전히 사라질 때까지 지켜보았다.

그게 놀이란 걸 알아도 소용없었다. 〈트라베소〉가 멈춘 건 사실이었으니까.

비비안이 날 깨웠다. 그 아이는 완전히 흥분해 있었다. 나는 잠을 제대로 못 잤다. 간밤엔 너무 추웠고, 몸을 덜덜 떨면서 동틀 녘까지 하늘의 별들을 쳐다보았다.

「사람들이 너를 찾고 있어.」비비안이 말했다. 「숨어야 해.」

비비안은 뛰어온 모양이었다. 볼이 발갛게 물든 걸 보니 틀림없었다. 칠판에 적힌 글자를 지울 때처럼 그 두 뺨을 문질러서 손가락 끝에 빨강이 묻어나도록 하고 싶었다. 비비안의 두 눈이 평소보다 덜 사납게 보였다. 어쩌면 그 안에 담긴 비비안의 분노에 내가 조금 익숙해졌기 때문일 수도 있고, 아니면 비비안이 오늘은 화가 나지 않았기 때문일 수도 있다.

비비안은 헌병대가 자기 집에 전화를 했더라고 말했

다. 헌병대에서는 누군가를 찾고 있다고, 간밤에 주유소 집 아들이 집을 나갔는데, 혹시 그 녀석을 보았느냐고 물었다는 것이다. 헌병대는 내 인상착의를 정확히 댔고, 심지어 셸 점퍼에 대해서도 알고 있었다. 내가 신문에도 났다는 것 같았다.

비비안이 혹시 내가 범죄자인지 알고 싶어 하기에 그게 무슨 뜻인지 물었다.

「뭔가 나쁜 짓을 한 사람.」

나는 이제껏 나쁜 짓을 한 적이 한 번도 없다고 대답했다. 그러자 곧 거짓말을 한 것이 부끄러워졌는데, 왜냐하면 여왕님께는 거짓말을 하면 안 된다는 생각이 들었기 때문이다. 그래서 비비안한테 딱 한 번, 부모님이 없을 때, 그러면 안 되는 줄 알면서도 주유 펌프를 닦은 적이 있다고 털어놨다. 비비안은 그런 건 범죄로 치지 않는다고, 범죄자하고는 전혀 상관없다고 했다. 이번엔 담배꽁초 때문에 하마터면 주유소에 불을 낼 뻔했던 이야기를 들려주자, 비비안은 그건 사고였으니까, 그 일도 범죄자와는 상관이 없는 거라고 못 박았다. 그 아이는 나한테 누군가를 죽이거나 뭔가를 훔친 적이 있느냐고 물었고, 그럴 리가, 난 아무도 죽인 적이 없다고 대답

했다. 사탕들은 이미 우리 집에 있던 거니까 훔쳤다고
할 수 없었다.

비비안은 곰곰이 생각하더니 지금처럼 계속 바위 밑
에 숨어 있으면 안 된다고, 사람들이 더 이상 나를 찾지
않을 때까지 지낼 만한 곳을 찾아야만 한다고 말했다.
나도 동감이었다. 정말이지 바깥에서 자는 거라면 질색
이니까. 내 침대가 그리웠다. 나는 태어나서 지금까지
쭉 그 침대에서 잤다. 아무튼 난 그렇게 믿고 있다. 비록
그사이 내가 자라서 발이 침대 밖으로 삐져나온다 하더
라도 비행기 무늬가 찍힌 커다란 내 베개를 떠올리면
아랫배가 울컥하고 죄어 왔다. 난 내 입술이 파르르 떨
린다고 느꼈다.

비비안은 아무것도 눈치채지 못한 척했다. 그 아이가
돌아서서 뭔가로 바위만 벅벅 긁어 대는 동안 나는 노
란색 옷소매로 눈가를 훔쳤다.

비비안은 자기가 어떤 장소를 알고 있다고 말하더니
나를 그리로 데려갔다. 잿빛 돌로 지은 작고 동그스름
한 움막으로, 양치기들이나 사냥꾼들이 주로 사용하는
곳이었다. 죽은 덩치 큰 가시덩굴이 입구를 막고 있었

지만, 집 뒤편 벽 쪽에, 그러니까 벽이 구부러지면서 천장을 이루는 부분에 구멍이 나 있어서 무너져 내린 돌무더기를 오르면 그 안으로 들어갈 수 있었다. 주유소의 내 방만큼 좋지는 않았지만, 그래도 어딘지 우주선 같기도 한 그 집이 마음에 들었다. 안에서는 굽은 벽과 하늘만 보이는 것이, 내가 제일 좋아하는 책에 나오는 얼음집처럼 보이기도 했다. 나는 그 책을 읽고 또 읽었는데, 왜냐하면 글은 거의 없고 큼지막한 그림만 가득했기 때문이다.

비비안이 주머니에서 막대 초콜릿과 사과 한 알, 치즈 조각을 꺼냈다. 그러자 갑자기 몹시 배가 고팠다. 소귀나무 열매를 따 먹은 이후론 먹은 게 없으니까. 그래서 비비안이 가져온 것들을 곰처럼 게걸스럽게 먹었다. 그러고 나서 우리는 둥근 하늘 아래 드러누웠다. 나는 우리가 거대한 망원경 끝자락에 있는 셈이고, 어쩌면 다른 쪽 끝에서 누군가가 우리를 지켜볼 수도 있다고 상상했다. 하마터면 성호를 그을 뻔했지만, 우스꽝스러워 보이지 않으려고 꾹 참았다. 비비안은 발을 꼼지락거리더니 내 쪽으로 돌아누웠다.

「우리 뭐 할까?」

나는 그냥 어깨만 들썩였다. 그걸 내가 어떻게 알아, 자기가 여왕이면서. 그저 시키는 대로만 하면 되니까, 그건 마음에 들었다. 비비안에게라면 꼭 어린애가 된다는 느낌 따위는 들지 않으면서 복종할 수 있었다.

「탐험에 나설 수도 있지만, 그건 너무 위험해.」비비안이 말을 이었다. 「혹시 사람들이 너를 찾으러 올지도 모르니까 차라리 조금 기다리는 편이 나아.」

그저 말을 이어 갈 요량으로 내가 물었다.

「근데 넌 어디 살아?」

「지난번에 이미 말했잖아. 그런 걸 알려고 해선 안 된다고 말이야.」

「마법 때문에?」

「응, 마법 때문에.」

나는 우리 엄마도 마법에 걸렸다고 이야기했다. 이 말에 비비안은 관심을 보였다. 냉큼 책상다리를 하고 앉더니 꼬치꼬치 캐물었다. 누가 저주의 마법을 걸었는데? 이유가 뭔데? 하지만 아는 게 없었다. 할머니는 그저 말로키오[8]가 저주를 내렸다고 했기 때문에 나는 그 악마가 검은 망토를 입고, 피에로 신발을 신고, 눈알이

---

8 〈저주의 눈〉이란 뜻을 가진 프로방스 지방의 방언이라 여겨진다.

무지막지하게 커 보이는 커다란 안경을 쓴 심술 사나운 인물일 거라고만 상상했다. 어째서 그 인물이 우리 엄마를 미워하게 되었는지 그 이유 같은 건 전혀 알지 못했지만, 아무튼 엄마가 이따금 신경질적이 되곤 하는 건 사실이라고 했다.

비비안은 계속해서 질문을 던졌다. 그 정도론 성이 차지 않았던 모양이다. 그 저주 때문에 어떻게 되었는데? 저주 때문에 내가 생겨났다고 대답하자, 비비안은 뭔가 더 자세한 설명을 기다리는 듯한 희한한 눈초리로 나를 뚫어져라 쳐다보았다. 나는 나란 사람이 어떤 사람인지 적절한 말로 설명하기 위해 곰곰이 생각했다.

말리제에서 바르데 박사님은 부모님과 이야기하는 동안 나더러 대기실에서 기다리라고 했다. 나는 박사님이 시키는 대로 행동하는 시늉을 했다. 대기실에서 잡지 한 권을 집어 든 다음 두 발을 바닥에 얌전히 붙인 채 앉았다. 하지만 박사님이 문을 닫자마자 안에서 무슨 말을 하는지 듣기 위해 얼른 문 쪽으로 다가갔다. 집에서 그렇게 배웠으니까. 그래야 제일 흥미로운 이야기를 들을 수 있다고, 사람들은 문 반대쪽에 있을 때 이야기다운 이야기를 한다고 집에서 늘 들어 왔으니까.

바르데 박사님은 복잡한 말을 엄청 쏟아 냈는데, 우리 부모님조차 잘 알아듣지 못하는 기색을 보이자, 이내 내 머리가 성장을 멈췄다고 쉽게 설명했다.

이 말을 들으면서 나는 은근히 웃음이 났는데, 왜냐하면 박사님이 내가 아닌 다른 사람 이야기를 하고 있다는 기분이 들었기 때문이다. 천만의 말씀. 내 머리가 얼마나 큰데 저런 소릴 한담. 내 머리는 다른 사람들 머리보다 훨씬 컸으므로 대체 어떻게 커다란 무언가를 작은 무언가 속에 집어넣는다는 건지 알 수가 없었다. 예전에 언젠가 학교에서 선생님이 나더러 지금은 어디였는지 기억도 나지 않지만 암튼 그 나라가 어떻게 발견되었는지 말해 보라고 했을 때와도 비슷했다. 그때 내 눈 앞에는 이내 광활한 풍경이 펼쳐지고, 어디서 튀어나왔는지 모를 인디언들이 산지사방에서 전투를 벌였는데, 여기저기서 총을 쏘고 먼지가 풀풀 나고 고함이 천지를 뒤흔드는 바람에 심장이 벌렁벌렁 거리기 시작했다. 나는 죽을까 봐 겁이 났고, 숨조차 쉴 수 없었다. 그래서 그만 책상 아래로 숨었다. 이때만큼은 아무도 깔깔대지 않았는데, 빅토르 마크레, 자타가 공인하는 나의 적이자 언제나 복도에서 내 다리를 걸어 넘어뜨리는 바로 그 녀석만 예외였다. 하긴, 이제야 고백하지만, 언젠가 한번 내가 모든 사람이 보는 앞에서 마크레를 오리 가슴살[9]이라고 불러서 반 아이들이 모두 배꼽을 잡고 웃음을 터뜨린 적이 있었고, 그 녀석은 그런 식으로 웃음거리가 된 게 좋을 리 없었을 것이다.

요컨대, 바로 이 인디언 사건 때문에 나는 그 후 더는 학교에 다니지 못했다. 이튿날 교장 선생님이 우리 부모님을 학교로 불렀고, 그 자리에서 특수 학교니 뭐니 하는 이야기를 꺼내는 바람에 난 주유소에서 일을 하게 되었고, 또 결국 그러다 보니 내가 오늘 이 고원에 있게 된 것이기도 했다.

나는 이 모든 걸 비비안에게 설명하고 싶었지만, 내 입에서는 이런 말만 튀어나왔다.

「아아아아아안.」

맨날 이런 식이다. 엄청난 뭔가를 말하려 할 때마다 결과는 이렇게 시시했다.

해가 둥그런 하늘 속으로 들어가는가 싶더니 왼쪽 신

---

9 프랑스어로 오리 가슴살 요리는 〈마그레 드 카나르magret de canard〉로 철자와 발음이 마크레Macret와 비슷하다.

발에 다다랐고 그 때문에 몹시 눈이 부셨다. 우리는 마치 헌병대가 나를 찾으러 오기라도 한 것처럼 고함을 질러 댔다. 밝은 데에 머물러 있으면 붙잡힐 염려가 있기 때문에 집 안을 빙빙 맴돌다가 그늘진 곳에 바짝 붙어 앉았다. 하지만 나는 비비안에게 닿지 않도록 아주 조심을 해야만 했다.

어느덧 해가 기울자 한순간 주위가 약간 쌀쌀해졌다. 비비안이 몸을 떨면서 나를 쳐다보았는데, 그때 우리는 처음으로 다퉜다. 지금까지도 나는 우리가 그때 왜 그랬는지 알 수가 없다.

비비안이 진짜 이상한 눈초리로, 마치 뭔가를 기다리기라도 하듯 내 눈을 똑바로 바라보았다. 그래서 나도 눈에 잔뜩 힘을 주고 그 아이를 쳐다봤는데, 왜냐하면 누가 나를 쳐다보면 나도 똑같이 해주곤 하기 때문이었다. 마침내 비비안이 입을 열었다.

「내가 추위에 떠는 거 안 보여?」

당연히 보인다고 말했다. 비비안이 달달 떨고 있었기 때문에 못 볼 수가 없었다. 그 대답 때문에 그 아이는 더 화가 난 듯했다.

「그럼, 네 점퍼를 줘야지, 이 바보야.」

나는 꼼짝도 하지 않았다. 비비안이 바보라고 해서가 아니라, 그 아이에게 내 점퍼를 건네주기 싫었기 때문이다. 나는 그 점퍼를 얻기까지 헤아릴 수도 없이 많은 기름 탱크를 채웠다. 그 점퍼를 입으면, 지금은 비록 소매가 너무 짧고 어깨는 너무 넓어서 이상하지만, 그래도 멋들어졌다.

비비안은 내가 고집을 부리고 있다는 걸 확실하게 눈치챘는데도 어린 소녀다운 봉긋한 가슴 위로 팔짱을 끼며 턱을 위로 치켜들었다.

「나한테 복종하기로 맹세했잖아.」

그 말에 나는 맹세했던 것을 진심으로 후회했다. 할머니 말로는 거짓말쟁이는 죽으면 지옥에 간다고 했다. 할머니는 할머니가 가진 책들 중 어느 하나에 실린 삽화도 보여 줬는데, 정말이지 조금도 우습지 않았다. 그래서 나는 거기 가지 않으려고, 커다란 안경을 끼고 피에로 신발을 신은 말로키오와 함께 지옥에 가지 않으려고 점퍼를 벗었다.

비비안은 척 하니 내 점퍼를 걸쳤다. 그게 자기 옷이라도 되는 것처럼 말이다. 하지만 점퍼는 그 아이에게 전혀 어울리지 않았는데, 그걸 어떻게 설명해야 좋을지 모르겠지만, 어쨌거나 봐주기 끔찍했다. 입술이 일그러지면서 나는 결국 울음을 터뜨렸다. 난 울음을 멈추려고 애썼다. 남자는 울면 안 되기 때문에 그만 울려고 했는데, 울지 않으려 할수록 울음은 더 터져 나왔다. 나는 집에서 멀리 떨어진 곳에서 그토록 오랜 시간을 보낸 적이 없었다. 부모님이 보고 싶었고, 밥 먹을 때 주유소에 감도는 정적이며 텔레비전 소음, 베이클라이트 전화기, 기름 냄새, 심지어 C에서 나는 악취며, 솜을 만질 때마다 느껴지던 야릇한 촉감 같이 내가 싫어하는 것들마저 그리웠다.

비비안이 다가와서 두 팔로 나를 끌어안았다. 나는 그 아이에게 머리를 기댄 채 계속 울었다. 그 아이는 뚝, 이제 고만, 그러더니 조금 있으면 괜찮아질 거라고 말했다. 하지만 그러면서도 내 점퍼는 벗지 않았다.

비비안은 진짜 여왕이니까.

하늘은 어느덧 보랏빛을 띠고, 대기 중엔 감초 향이 감돌았다. 나는 여러 차례 혀를 내밀어 공기를 흠뻑 빨아들였다. 그럴 정도로 대기는 달콤했다. 결국 비비안은 내 점퍼를 돌려줬고, 그래서 기분이 훨씬 나아졌다.

나는 비비안이 계속 머물러 있으면 좋겠다고 생각했다. 그 아이가 나의 제일 친한 친구니까. 그렇게 말할 수 있다는 것만으로도 자랑스럽고 뿌듯했다. 전에 학교에서는 나를 빼고 모두가 친한 친구들이었다. 이를테면 커다란 우정의 비눗방울 같아서, 나만 그 안으로 들어가지 못하고 주위에서 뱅뱅 맴도는 식이었다. 그 생각을 하면 토성의 고리가 떠올랐는데, 어느 납작한 초콜릿 포장에 그 형태가 그려져 있는 걸 발견하고는 그 그림을 내 침대맡에 붙여 놓았다.

비비안에게 혹시 그 양치기 움막에서 나랑 같이 살고 싶은지 물었더니 그 아이는 성으로 돌아가야 한다고, 안 그러면 어마마마가 자길 찾으러 올 거라고 대답했다. 나는 비비안을 붙잡아 둘 요량으로 여왕님이 사는 성은 어떻게 생겼는지 이야기해 달라고 했다가 금세 커다란 입을 손으로 틀어막았다. 왜냐하면 나에게는 그런 종류의 질문을 할 권리가 없기 때문이었다. 약간 삐드러진 그 아이의 하얀 이들이 입술을 깨물더니, 비비안은 곧 한숨을 내쉬었다.

「내가 사는 성은 아주 커. 밥도 아주아주 큰 식탁에서 먹는데, 시중드는 하인이 1천 명이나 돼. 하지만 식탁에선 말을 할 수 없어.」

1천 명이나 되는 하인들만 빼면, 우리 집이나 크게 다르지 않았다. 주유소에서는 식사 시간 동안 말을 해서는 안 되는데 그건 뉴스 때문이었다. 만일 그렇지 않으면 뉴스에서 놓치는 것이 생길 수도 있으니까.

「그런데 하인들은 급사로 변신한 백조들이야.」비비안이 말을 이었다. 「성에는 방이 1천 개나 되는데, 그 방들은 매일 밤 바뀌거든. 그래서 자기 방을 찾으려면 시간이 좀 걸려. 내가 가끔 아침에 피곤해하는 이유도 다그 때문이야.」

나는 입을 헤벌린 채 이야기를 들었다. 전부 지어낸 이야기라는 건 알았지만, 바로 그런 점 때문에 비비안과 있을 때면 마음이 두근거렸다. 그 아이가 이야기를 어찌나 잘 꾸며 대던지 전부 믿지 않을 수 없었다. 그래도 움직인다는 방을 생각하면 어쩐지 속이 좀 거북해서, 그 이야기는 그다지 마음에 들지 않았다.

「밤이 되면 샹들리에 불이 저절로 켜져. 전구는 없는데, 그 대신 월광석이 광채를 뿜어내. 내 침대는 너무나커서 침대 한가운데로 가려면 제법 걸어야 해. 매트리스는 태양에서 자라는 특수한 콩으로 만들었고.」

이 대목에서, 나는 비비안이 정말로 이야기를 지어낸다는 걸 확신할 수 있었다. 왜냐하면 태양에서 콩을 기른다는 소리는 단 한 번도 들어 본 적이 없기 때문이었다. 물론 세상엔 내가 모르는 일들이 아주 많지만, 주유소에도 텃밭이 있어서 그 문제에 대해서라면 조금은 아는 편인데, 만일 그게 사실이라면 엄마가 태양에서 기른다는 콩 이야기를 해주지 않았을 리 없었다. 결국 나는 투덜대기 시작했는데, 움직이는 방이며, 실제로 있지도 않은 콩, 이런 것들 때문에 정신이 부쩍 사나워졌기 때문이다. 그래서 잠시 눈을 꼭 감았다.

비비안이 일어나더니 나에게 손을 내밀었고, 나는 그 손을 꽉 잡았다. 그리고 놓기 싫었지만 억지로 그 손을 놓아주었다. 우리는 내일 다시 만나자고 작별 인사를 나눴다.

나는 비비안이 멀어져 가는 모습을 지켜봤다. 어찌나 그 아이를 붙잡아 두고 싶었던지 비비안이 간 지 한참 지난 뒤에도 그 애 모습을 상상했다. 이윽고 밤이 되었고, 나는 할 수 없이 움막 안으로 돌아왔다. 한구석에서 바랜 짚단을 발견한 나는 그걸 바닥에 펼친 다음 머리 뒤로 두 손을 깍지 낀 채 그 위에 드러누웠다. 그제야 그간 전쟁이며 훈장, 영웅적인 금의환향 따위는 까마득히 잊고 있었다는 사실을 깨달았다. 조금 부끄러웠다. 나중에 집에 돌아갔을 때 비겁한 녀석이란 소리는 듣고 싶지 않았다. 하지만 지금 나에겐 여왕님이 있었다. 여왕님을 위해서라면 내가 무슨 일이든 다 할 것이란 걸 알고 있었다. 그건 맹세를 했기 때문이 아니라 내 마음이 그렇게 하고 싶기 때문이었다. 그리고 어쩌면 영웅이 된다는 건 바로 그런 거라고, 굳이 하지 않아도 되는 일을 하는 것일지도 모른다고 생각했다.

만일 그것만으로는 충분하지 않다면, 우리 부모님과 누나가 그래도 꼭 나를 먼 곳으로 보내야겠다고 고집을 부린다면, 그땐 할 수 없이 비비안을 불러야 할 터였다. 그러면 그 아이가 자기에겐 내가 꼭 있어야 한다고, 어쨌거나 자기는 여왕이라고, 그러니 부모님도 여왕이 시키는 대로 따라야 한다고, 그것으로 끝이니 더는 왈가왈부할 필요가 없다고 부모님한테 말할 것이다.

여왕의 말에 우리 부모님이 도대체 어떤 식으로 반박할 수 있을지 도무지 감이 잡히지 않았다. 기껏해야 움직이는 방이라고는 하나도 없는 한심한 주유소나 운영하는 분들인데 말이다.

앞에서 나는 친구가 한 명도 없다고 했지만, 그건 완전히 사실은 아니다. 어쩔 수 없이 학교를 그만두기 얼마 전까지만 해도 리샤르가 있었다. 내가 한동안 그 친구를 잊고 있었다고 생각하니, 가슴이 찡했다.

리샤르는 학기 중간에 전학을 왔다. 그 녀석은 한마디로 가느다랬다. 어느 정도인가 하면, 정면에서 쳐다봐도 마치 옆모습을 보는 것 같았다. 기침도 자주 했다. 내 옆자리 책상만 비어 있었기에 선생님은 리샤르를 거기 앉혔다. 쉬는 시간이 되면 나는 외톨이였고, 리샤르도 외톨이였다. 그러니 어쩔 수 없이 우리는 이왕 이렇게 된 거, 둘이 같이 외톨이가 되기로 의기투합했다. 그렇다고 우리가 말로 그렇게 했다는 건 아니고 어쩌다 보니 저절로 그렇게 되었다.

리샤르의 아빠는 들판에 자리 잡은 공장의 높은 사람
이었다. 하지만 리샤르네 집은 거기가 아니었는데, 왜
냐하면 리샤르의 엄마가 그쪽보단 우리가 사는 계곡 쪽
이 공기가 더 좋다고 생각했기 때문이다. 그래서 리샤
르네는 마을의 한 집에 정착했다. 그 집은 아무도 거들
떠보지 않는 낡아 빠진 석재 임시 건물이었다. 돈이 있
어 보였는데, 그런 집에 사는 걸 보니 참 이상했다. 리샤
르 말로는 아빠가 계속 공장을 옮겨 다니기 때문에 자
기 가족은 한곳에 오래 산 적이 없다고 했다. 마을의 다
른 사람들은 기름값이 더 싸다면서 우리 주유소가 아닌
다른 곳에서 기름을 넣는 반면 — 그러면서도 차가 고
장 났다 하면 우리를 찾아와서 하소연했다 — 리샤르네
가족은 우리 주유소에 자주 들렀다.

빅토르 마크레는 처음부터 리샤르를 싫어했다. 그런
데 리샤르는 마크레가 떠밀거나 딴지를 걸어도 특별히
화를 내지 않았다. 누가 자기를 넘어뜨리면, 그냥 툭툭
털며 자리에서 일어나 꼬마 열차의 기관차처럼 기침을
하면서 자리를 뜰 뿐이었다. 그런 리샤르가 존경스러웠
는데, 만일 내가 그런 꼴을 당하면 나는 너무나 화가 나
서 몸을 부들부들 떨다가 나도 모르게 폭발을 하고, 그

러면 비록 다친 데는 없더라도 양호실에 끌려가기 십상이기 때문이었다. 마크레 그 나쁜 놈 말인데, 내가 조금만 더 용감했더라면, 장담하건대 난 그 녀석을 죽여 버렸을 것이다. 실제로 그 녀석을 어떻게 해치울까 궁리한 적이 한두 번이 아니었다. 꿈속에서는 그 녀석이 아무리 애원해도 소용없었다. 난 그 녀석을 없애 버렸으니까. 그러면 사람들이 내 등을 툭툭 치면서 잘했다고, 그 녀석을 처치한 건 아주 잘한 일이라고들 칭찬했다.

학교라면 좋은 기억만 있는 건 아닌데, 그나마 좋은 기억은 전부 리샤르 덕분이었다. 그 친구는 나한테 말을 걸어 주고, 설사 내가 하고 싶은 말을 제대로 하지 못할 때도 이해해 주는 듯했다. 머릿속에서 뭔가가 너무나 많은 자리를 차지하면 나는 그걸 제대로 입 밖에 내어 말하지 못한다. 그렇지만 유독 리샤르를 좋아하게 된 것은 내가 당나귀로 출연한 아기 예수님 탄생 연극 이후에 벌어진 일 때문이었다.

우리가 운동장을 가로지르고 있을 때였다. 벤치에 앉아 있던 마크레가 모든 사람이 다 들을 정도로 크게 고함을 질렀다.

「어라, 이게 누구야, 히힝하고 유대인이네!」

우리는 묵묵히 걸어갔고, 마크레는 우리 뒤를 따라오며 〈히힝, 히힝〉 하며 계속 놀려 댔다. 그러자 리샤르가 뒤를 돌아다봤다. 나는 그때 리샤르의 얼굴을 생생하게 기억하는데, 왜냐하면 그 친구 얼굴에는 아무런 표정도 나타나지 않았기 때문이다. 리샤르는 슬픈 것도, 화가 난 것도 아니었다. 그냥 무표정이었다. 마크레가 아마도 이런 식으로 말했던 것 같다. 「넌 문제야, 이 더러운……」 하지만 마크레는 말을 맺지 못했다. 리샤르가 마크레의 〈상판때기를 아작 내버렸기〉 때문이다. 이 장면을 목격한 아이들이 이구동성으로 그렇게 말했다. 결국 교장 선생님과 학생 주임 선생님이 달려들어 리샤르를 떼어 내야만 했다. 마크레는 코가 뭉그러진 채 여기저기 피를 묻히고서 운동장에 쓰러져 있었다.

교장 선생님이 어째서 그랬느냐고 묻자, 리샤르는 그저 어깨만 으쓱할 따름이었다.

「모르겠어요, 게다가 전 유대인도 아닌걸요.」

나는 유대인이 뭔지도 몰랐다. 하지만 리샤르는 유대인이건 아니건 좌우지간 인물이었다. 그 이후로 마크레는 감히 우리 가까이 오려 하지 않았다. 마크레는 심지어 나도 건드리지 않고 내버려 두었다. 덕분에 나는 어쩐지 힘이 세진 것 같아 마크레와 마주칠 때도 험상궂은 살인마의 눈초리를 보냈다. 녀석은 내가 죽여 버릴 듯이 노려보아도 어금니만 악물 뿐 아무 말도 하지 못했다. 내가 모든 애들이 보는 앞에서 마크레한테 오리 가슴살이라고 부른 것도 바로 이 무렵이었다.

그러던 어느 날 리샤르가 전학을 갔다. 나는 그게 그 일 때문인지 리샤르 아빠가 전근을 갔기 때문인지 알 길이 없었다. 그 후로 리샤르로부터 두세 차례 편지를 받았고 엄마가 그걸 읽어 줬는데, 어디 기숙 학교에 들어갔다는 내용이었다. 그런 다음 소식이 끊겼으니, 나는 리샤르가 지금 어떻게 되었는지 알지 못한다.

리샤르가 전학을 간 후, 마크레와의 관계는 모두 예전처럼 돌아갔다.

리샤르가 보고 싶었고, 리샤르에게 비비안을 소개해 주고 싶었다. 우리는 셋이서 모두 함께 비비안의 성에서 살 수도 있었을 텐데. 아무도 우리한테 이래라저래라 하지 않는 곳, 아무도 우릴 먼 데로 데려가지 못하는 곳. 리샤르와 비비안, 이 둘은 마음이 아주 잘 맞았으리라고 장담할 수 있다.

한밤중에 잠이 깼다. 달이 천장에 난 구멍을 가득 채웠다. 달이 어쩌나 큰지 하늘이라고는 달무리 주위로만 간신히 보일 듯 말 듯했다.

내 몸이 전에도 가끔 그랬던 것처럼 딱딱하게 굳었다. 그럴 때면 아무 생각도, 그러니까 그 생각 말고 다른 생각이라고는 전혀 할 수 없었다. 손이 아래로 내려갔고 내 몸이 부르르 떨렸다. 눈을 감았는데 잡지가 어른거렸다. 그 잡지라면 속속들이 알고 있다. 결국 난 고함을 내지르며 폭발했다.

그러고 보면 비비안이 돌아가서 다행이었다. 왜냐하면 비비안이 이런 내 모습을 보길 원치 않았으니까. 사실 지금 나한테 일어나고 있는 일은 그 아이와는 아무런 상관도 없다. 그건 내 몸의 일부이긴 하지만 나에게

속한 것도 아니므로 그걸 그 아이에게 줄 수도 없다. 비비안은 원하는 건 뭐든지 가질 수 있을 테지만, 이건 아니다. 심지어 말로키오도 이것만큼은 가질 수는 없을 것이다. 왠지는 모르지만 그렇게 확신할 수 있었다.

그래도 완전히 확실하게 해두기 위해 나는 잠들기 전에 묵주 기도를 두 번이나 외웠다.

여름은 그렇게 시작되었다. 1965년 여름. 내가 연도를 정확히 아는 건 우리 정비소 달력에 그렇게 커다랗게 쓰여 있었던 데다 그 숫자를 어찌나 자주 봤던지 문신처럼 내 머릿속에 깊이 새겨졌기 때문이다. 단지 여러 연도를 관계 짓는 게 좀 힘이 들었다. 또 그렇기 때문에 새해가 시작될 때마다 어려움을 겪었다. 지난해의 숫자가 내 눈앞에서 사라져 버릴 때까지 특히 그랬다.

날씨가 더웠고, 나에겐 천장에 구멍이 뚫린 내 집이 있었다. 여기선 비비안을 빼면 그 누구도 나한테 이래라저래라 명령하지 않았다. 비비안에겐 내가 좋아서 복종하는 거였다. 난 굳건하다는 느낌이 들었고 그게 언제까지고 지속되리라 믿었다. 그래서 그 후 비비안이 올 때면 소귀나무로 배를 채웠듯이, 앞날에 대해서는 전혀 생각하지 않았고, 머지않아 그 아이가 오래도록 자취를 감춰 버리리란 것도 모른 채 놀이에만 집중했다.

어떻게 보면, 우리가 그런 식으로 함께 시간을 보낸 것도 그때가 마지막이라고 할 수 있었다. 왜냐하면 그후론 사정이 영 달라졌기 때문이다. 제일 고약한 건 그렇게 된 게 다 내 잘못이라는 사실이다. 그때 일을 이렇게 저렇게 아무리 돌이켜 생각해 봐도, 마법을 깨뜨린 건 나였다.

비비안은 언제나 같은 방향에서 왔다. 들판이 산 쪽을 향해 올라가면서 그 사이로 굽이굽이 움푹한 지대가 숨어 있는 쪽 말이다. 나는 지붕 위에 앉아 비비안을 기다렸는데, 혹시라도 그 아이가 오지 않을까 봐 걱정을 할 때쯤 저기 멀리서 그 아이가 나타나더니 차츰차츰 비비안은 비비안이 되었다. 머리카락, 그리고 주변의 그 무엇도 건드리지 않는 걸음걸이를 보고서 비비안을 금방 알아보았다.

나는 어찌나 달려가고 싶었던지 억지로 꾹꾹 참아야 했다. 지붕에서 내려온 나는 집 안에서, 무심한 척하면서, 마치 전에 산타 할아버지를 기다릴 때처럼 비비안

을 기다렸다. 하긴 마크레 녀석이 산타 할아버지 같은
건 없다고 말하기 전까지 그랬다는 말이다. 근데 그 자
식이 알긴 무슨 개뿔? 나는 마크레한테 산타 할아버지
가 너희 집에는 안 가기 때문에 네가 산타 할아버지를
못 봤을 거라고 쏴주었다. 하지만 나중에 부모님이 진
실을 말해 주었다. 결국 사흘 동안 내 방 침대에 누워 꼼
짝도 하지 않았고, 그래서 부모님은 바르데 박사님에게
왕진까지 청했을 정도였다. 마침 그때 바르데 박사님이
안 계셔서 대신 다른 여자 의사 선생님이 왔는데, 그분
이 나한테 청진기를 대는 동안 내내 가슴을 쳐다봤더니
이내 상태가 많이 좋아졌다. 그 후로 부모님은 만나는
사람마다 그날 대신 온 여자 의사 선생님이 우리 동네
최고 의사라고, 바르데 박사님보다 더 유능하다고 말하
고 다녔다. 나도 동감이었다.

　허물어진 벽 구멍에 모습을 드러낸 비비안은 코를 찡
긋거리더니 말했다.

　「여기서 남자 냄새가 나네.」

　한편으로는 물론 그런 말을 들으니 기분이 좋았다.
나는 기지개를 켜는 척하면서 팔 아래 근육을 슬쩍 만
져 보았다. 아빠 팔 근육 같진 않지만, 그래도 벌써 꽤

괜찮은 느낌이었다. 문제는 평소 내가 깨끗하지 않으면 공황 상태에 빠진다는 거였다. 엄마는 일주일에 한 번씩 나를 욕조에 들어가게 해서 푸른 하늘 내음이 나한테서 풍기게 하는 비누로 싹싹 씻겨 주었다. 때만 벗길 뿐 살갗은 다치지 않는다고 광고하는 바로 그 비누였는데, 그 말은 사실이었다. 여러 해 동안 그 비누를 썼지만 내 살갗은 아직도 멀쩡하니 말이다. 그걸 보면, 세드릭 루지에 자식이 언젠가 나한테 했던 말과는 달리, 광고가 맨날 거짓말만 하는 건 아니었다.

나는 고원에서 살게 된 이래 처음으로 내 양말이 더럽고 심지어 셸 점퍼 소매에도 무슨 자국이 묻어 있다는 사실을 깨달았다. 그러자 머리가 빙빙 돌기 시작했는데, 평소 같으면 이 증상은 모든 것이 잠잠해질 때까지 어두운 곳에 드러누워 있어야 한다는 걸 뜻했다. 하지만 이미 집 안으로 비비안은 들어왔고, 큼지막한 공포 자국들을 헤집고 다니더니 내 옆으로 와서 앉았다. 그 순간 어쩌면 예감 같은 게 있었는지도 모르겠다. 마침 비비안이 있으니 어쩌면 덕을 좀 볼 수 있을 거라고 느꼈는지, 암튼 발작 증세는 슬그머니 사라져 버렸다. 아니면, 그냥 간단하게, 비비안이 있는 곳엔 어둠 따위는 발을 붙이지 못하기 때문일 수도 있다.

그렇긴 해도 그날 비비안은 여느 때와는 달랐다. 그 아이는 웃음기 없는 얼굴에 눈 표정을 누그러뜨려 주는 미소가 사라져서 평소와 달라 보였다. 비비안은 나를 위해 샌드위치 두 개를 가져왔는데, 내가 그걸 먹는 동안 내내 말없이 나를 쳐다보기만 했다. 나는 빵가루를 잔뜩 묻힌 채 만면에 미소를 지었지만, 그 아이에게서 는 여전히 아무 반응이 없었다.

「넌 이제 뭐 할 거야?」 비비안이 뜬금없이 물었다.

나는 계속해서 우적우적 빵만 씹었는데, 왜냐하면 그 질문을 이해하지 못했기 때문이다. 분명 뭔가가 빠진 질문인데, 그럴 때는 못 들은 척하는 게 상책이었다. 물론 비비안이야 모든 걸 보고, 모든 걸 다 알고 있는지라, 나를 조금 세게 밀치더니 화가 난 사람처럼 똑같은 질문을 반복했다.

「넌 이제 뭐 할 거야?」

약간 어리둥절한 표정으로 비비안을 바라보았다. 나는 그 질문의 나머지 부분, 분명 빠져 있는 부분, 다른 사람들은 다 알지만 나만 모르는 그 부분을 생각해 내 려고 무진 애를 썼다. 비비안은 한숨을 푹 내쉬더니 조금 부드러운 투로 말했다.

「넌 내가 없으면 뭘 할 거냐고?」

그제야 조금 안심이 되었다. 그만하면 훨씬 분명하니까. 그래서 나는 비비안에게 넌 내내 여기 있을 테니까 그런 걱정은 하지 않아도 될 거라고 대답했다. 그 아이의 눈이 나를 나무라는 듯했다.

「아니, 셸. 난 언제까지고 여기 있지 않아. 넌 혼자 여기에 있을 수 없고.」

「아니, 난 혼자 있을 수 있어.」

「〈지금〉이야 그렇지. 왜냐하면 내가 너한테 먹을 것도 가져다주고 또 여름이니까. 넌 여기 겨울이 어떤지 알아?」

나는 겨울이 어떤 건지 잘 알고 있다고 대답했다. 겨울은 흰색이고 회색이고 검은색이며 기분 좋은 연기 냄새가 난다고, 겨울은 거짓말의 계절이고, 주유 손잡이는 뜨거우니까 조심하라고 말하지만 사실은 손가락을 꽁꽁 얼게 만드는 계절, 사람들이 뭘 하겠다고 약속은 하지만 사실은 실내에 있는 게 더 좋으니까 아무것도 하지 않는 계절이라고 이야기했다. 나는 겨울을 좋아하지만, 아직 겨울이 되려면 기다려야 하니까 지금은 겨울에 대해 말하기가 쉽지 않았다.

「넌 몇 살이야?」 그래서 나는 길게 대답하는 대신 질문을 했다.

그러자 비비안은 그제야 내가 아는 비비안으로 되돌아왔는데, 그 아이 자신도 잘 모르는 사이에 그렇게 되어 버렸다.

「여왕님한테는 나이를 묻는 게 아냐.」

「알았어. 근데 너 몇 살이야?」

비비안은 내 목을 조르기라도 할 기세였다. 내가 사람들에게서 자주 보아 온 기색이었다.

「너, 내 말 잘 듣지? 넌! 이제! 집으로! 돌아가야! 해!」

나는 먹다 남은 샌드위치를 내려놓은 다음 손가락들을 바지에 문질러 닦고 혓바닥으로 이를 닦았다. 1톤쯤되는 무거운 물체를 들어 올리는 기분이었다. 이제껏 내가 입 밖에 낸 말 가운데 가장 무거운 말이었다. 왜냐하면 난 비비안이 원하는 건 무엇이든, 그 어떤 일이라도 할 수 있지만 그것만은 절대 아니었기 때문이다.

「싫어.」

「셀, 부모님이 널 보고 싶어 할 거야. 그런 건 생각해 봤어? 그래서 헌병들이 널 찾는 거고. 혼내려는 게 아니라고. 너희 부모님, 너한테 매정하셔?」

　아니, 부모님은 매정하지 않아. 어쩌다 내가 얻어맞은 것도 다 그럴 만한 이유가 있기 때문이고. 하지만 부모님은 날 먼 데로 보내려고 해. 나는 비비안에게 복도에서 미소 짓는 사람들 사진이 담긴 홍보 책자 이야기를 꺼냈다. 나와 함께 사는 건 쉬운 일이 아니니까, 모든 걸 따져 볼 때 내가 혼자 사는 편이 나을 것 같다고 나는 비비안에게 설명했다.

　「그렇구나.」 비비안이 한참 뜸 들이고 나서 다시 입을 열었다. 「자, 이제 그만 울어.」

　나는 내가 울고 있는 줄도 몰랐다. 그러고 보니 두 다리 사이에 층층이 쌓여 있던 먼지 가운데 생긴 작은 분화구 같은 것들의 정체가 짐작이 갔다. 그렇지 않아도 이것들이 어디서 만들어졌을지 궁금해서 열심히 바라보던 참이었다.

　「날 봐.」 비비안이 말했다.

　나는 고개를 들려고 했지만 그럴 수 없었다. 마치 두 눈이 밧줄에 꽁꽁 묶인 채 땅바닥에 고정되어 있는 것만 같았다. 나는 별것 아닌 일로 엉엉 울었다는 사실이 부끄러웠다. 내가 주유소에서 그렇게 울면 다들 짜증을 내곤 했다, 누나만 빼고. 누나는 내가 울면 따라 울었다. 처음엔 캡슐 형태의 약을 처방받았는데, 나는 그 작은 것들이 어떻게 효과를 낸다는 건지 도저히 이해할 수가 없었다. 왜냐하면 그 캡슐들은 아주 작고 나는 눈물을 엄청 많이, 그러니까 그 작은 캡슐에 담기엔 너무 많이 흘리기 때문이었다. 어쨌든 그 약은 전혀 효과가 없어서 중도에 끊어 버렸다. 게다가 약값까지 비쌌으니까. 암튼 커가면서 나는 점점 덜 울게 되었다.

「내 나이를 말해 주면 좋을 것 같아?」 비비안이 상냥하게 물었다.

나는 훌쩍거리며 고개를 끄덕였다.

「열세 살. 거의.」

나는 알아들은 척 계속 고개를 끄덕거렸지만, 바닥의 먼지 층엔 분화구가 자꾸만 늘어났다.

「또 알고 싶은 거 있어? 나한텐 배다른 남동생이 하나 있어.」

나는 남동생의 배는 어떻게 다르게 생겼느냐고 물었다. 그러자 비비안은 무척이나 옅은 빛깔의 눈썹을 찌푸리며 나를 뚫어지게 쳐다보았다. 사람들의 이런 반응엔 이골이 나 있었다. 여느 사람들과 완전히 똑같지는 않기 때문에 사람들은 내가 웃길 수도 있고 농담도 할 줄 안다고는 상상하지 못한다. 그래서 결국 나는 더 이상 우스갯소리 같은 건 하지 않기로 했다. 리샤르는 그게 다 내가 타이밍을 잘 못 맞추기 때문이라고 설명했다. 그러면서 타이밍 맞추는 법을 가르쳐 주려 했지만, 결국 성공도 하기 전에 전학을 가버렸다.

비비안은 웃음을 터뜨렸고, 나도 따라서 웃었다(나는 계속 울면서 동시에 웃었다). 그리고 나니 다시 기분이 좋아졌다. 마치 여름에 쏟아지는 소나기가 자동차 먼지를 싹 씻어 내리는 것과도 같았다. 그럴 때면 나는 바깥으로 나가 비가 나를 씻어 내게 했는데, 그러는 나를 보고 엄마는 얼른 집으로 들어오지 않으면 죽게 된다면서 고함을 지르곤 했다. 비비안의 웃음소리가 나를 씻겨 주었으므로 앞으로 우리 사이에는 깨끗하고 맑은 공기만 남을 수밖에 없었다.

별안간 비비안이 제안을 했다.

「내가 생일 선물 하나 줄까?」

나는 기뻐서 거의 펄쩍 뛸 지경이었다.

「오늘 내 생일이야?」

비비안이 다시 웃기 시작했다.

「그건 나도 모르지. 네 생일이 언제인데?」

「8월 26일.」 나는 외워 둔 생일날을 알려 주었다.

「그럼 오늘은 네 생일이 아니네.」

나는 조금 실망했다.

「아직 멀었어?」

「두 달하고 조금 더 있어야 해.」 비비안이 셈을 하지 않아도 다 아는지 금세 대답했다.

중요한 날이라면 얼마든지 많았다. 조로가 텔레비전에 나오는 날(그러니까 그날은 목요일이다), 크리스마스, 목욕하는 날, 만성절 등등. 나는 만성절이 어째서 중요한지 알 수 없지만, 그날이 오면 할머니는 평소보다 더 검은 옷을 입고 온종일 슬픔에 잠겼다. 하지만 진짜 중요한 날, 중요한 날들 중에서도 제일 중요한 날은 8월 26일, 바로 내 생일날이었다. 나는 해마다 8월 26일이 찾아오면 이듬해 생일날을 맞이할 채비를 하는데, 특히 엄마가 내 생일 케이크에 매년 하나씩 더 촛불을 얹어 주기로 약속하고, 그래서 해가 갈수록 초가 늘어나 보기 좋다기보다는 너무 많다 싶게 된 이래로 더더욱 그랬다. 생일 케이크의 촛불을 불어서 끄는 순간이면 나는 눈을 가늘게 뜨는데, 그러면 초들이 곱빼기로 불어

난 것처럼 보이고, 따라서 나이도 두 배로 먹어서 금세 늙은 것 같은 느낌이 들었다. 생일 케이크는 빨리 먹어야지 안 그러면 초가 녹아서 케이크를 다 먹어 버리게 된다면서 나 대신 촛불을 불어 끄는 것은 언제나 아빠였다.

그런데 녹은 초에 달라붙은 초콜릿이야말로 세상에서 가장 맛있는 거고, 그게 바로 생일날의 맛이었다. 그렇지 않으면 그저 평범한 초콜릿일 뿐이고, 그저 평범한 초콜릿이라면 언제든 먹을 수 있으니까. 하지만 아빠는 이런 내 생각을 도무지 이해하지 못했다. 나는 어느 해 8월 26일엔가 정비소에서 아빠와 함께 있을 때 이런 내용을 설명하려 한 적이 있다. 그러자 아빠는 되도 않는 소설 그만 쓰고 12호 몽키 스패너나 건네 달라고 했다. 나는 아빠한테 8호 린치를 건네주었다.

나는 고개를 들었다가 두 눈을 감고서 나지막한 목소리로 〈두 달, 두 달〉을 읊조리면서 그것이 아직 한참 후인지 아니면 얼마 남지 않은 건지 가늠해 보았다. 비비안이 살며시 내 턱을 잡았다.

「네 생일날까지 기다릴 필요는 없어. 선물은 지금 바로 줄 수도 있어. 너도 그러는 게 좋아?」

「응.」

「네, 여왕 〈폐하〉.」

「네, 여왕 폐하.」

「자, 그럼 따라와.」

비비안은 돌무더기를 올랐고, 나는 그 뒤를 따랐다. 하지만 집을 나서기 직전 나는 비비안을 붙잡기 위해 그 아이의 손을 잡았다. 아니, 비비안의 손을 잡을 뻔하다가 마지막 순간 나에게는 그 아이의 몸에 손댈 권리가 없다는 사실이 떠올랐다. 그랬는데도, 내가 손을 움찔한 것만으로도 비비안은 소스라치게 놀랐다. 하지만 전에 그 아이를 겁먹게 했던 때와는 달리 난감한 여우 표정은 짓지 않았다. 나는 비비안한테 물었다.

「너, 절대 떠나지 않겠다고 약속할 수 있어?」

「너는 앞으로 절대 울지 않겠다고 약속할 수 있어?」

「약속해.」

비비안이 생각에 잠겨 있는 사이에 나는 빙긋 미소 지었는데, 왜냐하면 비비안의 눈은 입술에서 말이 튀어나오기도 전에 벌써 약속한다고 말을 하고 있었기 때문이다.

「그렇다면 나도 약속해.」

그날 이후로 나는 더 이상 울지 않았다. 어째서 또 어떻게 그리 되었는지는 나도 모르겠다. 어쨌거나 난 약속을 지켰다.

하지만 비비안은 거짓말을 했다.

그렇긴 해도 비비안은 나에게 가장 멋진 생일 선물을 선사했다.

우리는 걸었고, 작은 언덕을 넘었다. 나는 비비안한테 어디로 가느냐고 물었지만, 그 아이는 가보면 안다고만 했다. 천장에 구멍이 난 양치기 움막이 보이지 않게 되었을 때, 비비안은 나더러 눈을 가리라고 했다.

「실눈 뜨면 안 돼. 이건 명령이야.」

나는 실눈 같은 속임수를 쓸 생각은 조금도 없는데, 비비안은 어째서 그런 내 생각을 모르는지 의아스러웠다. 내가 두 손바닥으로 눈을 꾹 누르자 허리춤에 와 닿는 비비안의 두 손이 느껴졌다. 나를 팽이처럼 돌아가게 만드는 근육질의 나비 같은 두 손. 그러더니 비비안은 이제 눈을 가린 내 두 손을 떼도 된다고 말했다. 그래서 나는 시키는 대로 했지만, 내 주변이 빙빙 돈다는 느낌은 여전히 가시지 않았다. 사방으로 흩어져서 퍼져

나가는 고원이니만큼 더는 내가 어디에 있는지조차 알 수 없었다.

우리는 다시 걷기 시작했다. 비비안은 목적지가 어딘지 확실히 알고 있는 것 같아 나는 안심했다. 산에는 늑대들이 있다는 말을 들었는데, 산속에서 길을 잃어 늑대들에게 잡아먹히게 되는 건 싫었다. 날씨가 더워지고 있었다. 나는 땅에 귀를 기울였다. 땅은 터지고 갈라지면서 제 몸을 열어 비를 불러 대지만 비는 오지 않았다. 이제 막 여름이 시작됐으니, 대지는 앞으로도 꽤 오랫동안 내리지 않는 비를 애타게 불러야 할 참이었다.

함께 걷는 동안 비비안이 어쩌다가 전쟁에 나갈 생각을 하게 되었는지 묻기에, 나는 처음부터 하나도 빠뜨리지 않고 다 이야기해 주었다. 그러자 비비안은 전쟁은 먼 곳, 상상하는 것보다 훨씬 먼 곳, 너무나 멀어서 도저히 걸어서는 갈 수 없는 곳에서 벌어진다고 설명했다. 그리고 또 만일 전쟁에 나가서 내가 죽어 버리면, 그게 다 무슨 소용이겠느냐고도 되물었다. 그렇게 되면 부모님 눈에서 눈물만 날 거라고도 했다. 나는 웃고 말았다. 죽으려는 게 아니라, 오로지 적들을 죽이기 위해 나는 집을 떠난 거라고 말해 주었다.

비비안이 걸음을 멈추고 내 쪽으로 돌아섰다. 땀 때문에 앞머리가 이마에 찰싹 달라붙어 있었고, 짧게 자른 뒷머리는 목을 파고들고 있었다.

「네가 말하는 그 적들 말이야, 그 사람들도 다 부모님이 있을 거 아냐?」 비비안이 말했다.

그런 다음 비비안은 다시 걸음을 뗐다. 나는 방금 들은 말이 무슨 뜻인 궁금해하면서 그 아이의 뒤를 따랐다. 어쨌든 이제는 전쟁에 나갈 필요가 없다. 앞으로 비비안과 함께 고원에 머물 수 있을 테니까. 어쩌면 비비안한테 나랑 같이 살자고 설득해 볼 수 있을지도 모른다. 어떻게 양치기 움막을 나눠서 비비안도 자기 방을 갖고 나도 내 방을 가질지 벌써 다 생각을 해놓았다. 우리는 영영 헤어지지 않고 함께 살 것이고, 나중에 누군가가 딱 붙어 있는 우리 둘의 해골을 보면서 〈이 두 사람은 정말《친구》였네〉라고 말을 할 것이다.

내 머릿속에서 웬 목소리가 코웃음을 쳤다. 복도 끝에서 들려오는 듯한 조롱 섞인 목소리. 예전에도 그런 적이 있었는데, 그때 난 범퍼만 꽉 붙잡고 있으면 차를 움직이지 못하게 막을 수 있지 않을까 하는 마음에서, 단지 내가 그렇게 힘이 세다는 걸 보여 주고 싶어서, 응급 수리차의 핸드 브레이크를 풀어 보았다. 그건 그러니까 커다란 재앙이 다가오는 소리였다. 응급 수리차를 버텨 내지 못한 건 내 잘못이 아니었다.

「신발창이 미끄러졌어!」 내가 고함쳤다.

비비안이 나를 쳐다봤다. 이번엔 사람들이 나를 상대할 때 자주 보여 주는 것과 똑같은 묘한 표정이었다. 나는 얼굴이 홍당무가 되었고, 말머리를 다른 데로 돌리기 위해 비비안한테 놀이를 하지 않겠느냐고 물었다.

「무슨 놀이?」

「누군지 알아맞히는 놀이.」

「오키.」

나는 아주 뻔한 포즈를 취했는데, 너무 뻔하기 때문에 비비안이 대번에 알아맞힐 만한 포즈였는데도 그 아이는 눈살을 찌푸리더니 고개를 절레절레 흔들었다. 나는 수염을 흉내 내기 위해 손가락을 코 아래 가져다 대고, 점점 더 필사적인 동작으로 허공을 갈랐으나, 결과는 비비안을 약간 웃게 만든 게 고작이었다. 그 때문에 조금 짜증이 났다.

「돈 디에고 데 라 베가!」 내가 버럭 소리를 질렀다.

그러는 동시에 나는 비비안이 좀 더 쉽게 알아맞힐

수 있도록 손으로 머리카락을 머리 뒤로 잡아당겨 그와 비슷해지도록 신경을 썼다. 사실 머리칼이 젖어 있을 때라야 더 효과가 좋지만.

비비안은 어리둥절한 표정으로 나를 쳐다보았다.

「그게 누군데?」

이번엔 내가 어이없다는 표정을 지었다. 왜냐하면 비비안은 아는 게 그렇게도 많은데도 어처구니없게 돈 디에고 데 라 베가가 누군지 몰랐기 때문이다. 그분이야말로 최고로 멋진 남자인데 말이다. 가르시아 중사도 못 맞혔지만, 디에고 데 라 베가를 금세 알아맞히지 못한다는 건 있을 수 없는 일이었다.

「돈 디에고 데 라 베가! 조로!」

나는 보이지 않는 칼로 허공에 Z자를 그렸다. 그러자 비비안이 소리는 내지 않으면서 입 모양만으로 〈아, 아, 아, 아〉를 연발했다. 그러더니 자기가 못 맞힌 게 이상할 일도 아니라고 했다. 왜냐하면 내가 그린 건 Z자가 아니라 숫자 8, 아니면 아무리 잘 봐주어도 S자에 가까웠기 때문이라는 것이었다. 그러면서 비비안은 그걸로 끝이 아니라 내 팔목을 잡더니 멋지게 Z자 긋는 방법을 가르쳐 주었다.

그렇게 해서 우리의 여정은 끝났다. 어찌나 순조로웠는지 나는 비비안이 말하기 전까지는 목적지에 도착했는지조차 몰랐다.

「자, 다 왔어.」

도착했다는 말은 성급했다. 아직 어디에 도착했는지도 모르니까. 특별한 것이라고는 전혀 보이지 않았다. 평소처럼 어디를 보나 고원뿐이었다. 주변은 산들로 둘러싸여 있고 위로는 하늘이 올려다보이는 고원 말이다. 생일날이라면 난 이보다는 훨씬 나은 것도 보았다. 하지만 그렇다고 크게 불평할 입장도 아닌 것이, 진짜 내 생일날도 아닌데 무슨 할 말이 있겠는가.

비비안은 자기가 뭘 하고 있는지 알고 있는 게 확실했다. 왜냐하면 입가에 작은 미소까지 띠고 있었으니 말이다. 그 아이가 나한테 산을 바라보면서 1백까지 세라고 했다. 나는 시키는 대로 했다. 막대기 붓 같이 생긴 숫자들을 좀 헷갈려 하다가, 숫자 사이사이에 글자들이 끼어들기도 하고, 외울 줄 아는 시도 한 줄 암송하고, 엄마가 불러 주던 동요도 한 자락 흥얼거렸다는 이야기다. 이 정도면 1백까지 센 것 같다는 생각이 들었을 때 나는 몸을 돌렸다.

비비안은 사라지고 없었다. 맹세한다. 보이는 거라곤 짧게 자른 풀과 너무 납작해서 뒤로 몸을 숨기기도 어려운 바위 두 개뿐. 그게 다였다. 나는 잔뜩 겁이 났다.

이윽고 마치 이슬처럼 땅에서 피어오르는 비비안의 웃음소리가 들렸다. 그래서 얼른 바위로 다가가 한 바퀴 빙 둘러보았지만, 아무것도 없었다. 한 번 더 똑같은 동작을 거듭했다. 두 번째로 바위 주변을 돌 때에야 비로소 두 바위 중 더 큰 바위 아래 풀숲에 틈이 나 있는 걸 발견했다. 비비안은 너무 가냘프기 때문에 나는 그 아이가 어떻게 그 사이로 빠져나갔는지 모를 수가 없었다.

「들어와.」비비안의 목소리가 말했다. 「들어올 수 있어.」

무릎을 꿇고서 보니 풀 때문에 구멍이 실제보다 더 작아 보이긴 했으나, 아무래도 크다고 하긴 힘든 구멍이었다. 반대편에서 나를 지켜보고 있는 비비안은 비록 뺨에 흙이 묻어 있었지만, 그 아래로는 함박웃음을 짓고 있었다. 비비안이 그토록 흡족해하는 모습은 본 적이 없었다.

나는 바닥을 기어서 구멍으로 들어갔다. 옷을 입었는데도 등짝이 조금 까졌을 뿐, 무사히 통과했다. 비비안이 내 손을 잡았다. 그러니까 분명 비비안이 내게 손댄거지 내가 그렇게 한 것은 아니었으므로 어디까지나 허락된 행동이었다. 나는 어째서 갑자기 사방이 컴컴해졌는지 알 수 있었다. 비비안의 목소리가 들렸다.

「난 여기 길이라면 내 손바닥처럼 잘 알아. 오른쪽 어깨를 벽 쪽에 바싹 붙여.」

나는 하마터면 발작을 일으킬 뻔했다. 어둠 속에서는 신발 밑창도 보이지 않았으므로 나는 어느 쪽이 맞는건지 알아낼 길이 없었다. 내가 오른쪽으로 간다는 게 왼쪽으로 갔는지, 비비안이 재빨리 나를 잡아끌었다. 내리막길이었다.

「너 혹시 폐소 공포증 있어?」 비비안이 물었다.

「그게 무슨 말인지도 모르는데.」

「음, 그렇다면 없는 거로구나.」

한동안 그렇게 어두운 메아리 속을 걷고 났더니 땅이 다시 평평해지고 벽도 사라졌다. 정강이에 뭔가 단단한 것이 걸리는 바람에 나는 욕을 내뱉으며 제자리에서 펄쩍 뛰었다. 반면 비비안은 그저 〈어어, 미안〉이라고만 했다. 마침내 비비안이 걸음을 멈췄다. 그 아이는 나를 자리에 앉혔고, 나는 비비안이 어둠 속에서 뭔가를 찾아내려는 듯 여기저기 뒤지는 소리를 들었다.

「준비됐어?」

나는 그렇다고 했다. 너무 흥분이 되어 숨도 제대로 쉬지 못할 지경이었다. 나는 이런 선물은 이제껏 한 번도 받아 본 적이 없었다. 한참을 기어 올라가고, 어둠 속에서 걸어야 하고, 잔뜩 겁을 집어먹어야 하고, 다치기까지 해야 받는 선물이라니.

「준비됐어?」 비비안이 또다시 같은 말을 되풀이했다.

그제야 비비안이 지금 나를 볼 수 없다는 사실을 깨달았다.

「응.」

성냥 긋는 소리가 나고, 불꽃이 기름등잔 같은 것에 달라붙었는데, 예전에 많이들 쓰던 유리에 쇠창살 같은 걸 덧댄 등잔이었다. 불꽃이 자꾸자꾸 커지고, 우리를 둘러싼 벽들이 어렴풋이 모습을 드러냈다.

비비안은 뭔가를 기다리는 표정으로 나에게 미소를 지었다. 나는 처음에 등잔이 내 생일 선물인가 싶어서 실망했다. 왜냐하면 주유소에는 훨씬 더 멋진 램프, 그러니까 원더 건전지를 넣어서 켜는 전기 램프가 있기 때문이었다. 그 순간 벽이 내 눈에 들어왔다. 그건 그냥 벽이라기보다 커다란 모험 이야기 책이었다. 거기엔 짐 승들이며 창을 든 사람들이 그려져 있고, 내 것보다 큰 손바닥 자국들이 남아 있었다. 그것들이 램프의 불꽃 안에서 춤을 추고 널을 뛰는데, 그 광경은 마치 책장들이, 예전에 살던 아이들이 그린 커다란 그림으로 가득 찬 책장들이 저절로 넘겨지는 것 같았다. 평생 이런 광경은 한 번도 본 적이 없었다.

「생일 축하해.」

나는 너무 감정이 북받치면 제대로 말을 못하기 때문에 그저 웅얼거리기만 했다. 뭔가를 말하려 해도 통 입밖으로 나오질 않았는데, 비비안은 용케도 다 이해했다. 그 아이는 그 방면에 아주 뛰어났다.

「여긴 아주 오래전에 사람들이 드나들던 곳이야. 아주아주 오래된 곳이라는 말이야. 아무한테도 여기에 대해서 말하면 안 돼, 알았지?」

맹세하기 위해 손을 들어 올리자 비비안이 내 손을 거두었다.

「맹세까지 할 필요는 없어. 이제 우리는 서로 믿는 사

111

이잖아.」

비비안이 나더러 입을 다물라고 했으니 천만다행이
었다. 왜냐하면 어찌나 멋진지 나는 그럴 수만 있다면
온 세상에 대고 마구 고함을 질러 댔을 것이기 때문이
었다.

「우연히 이 동굴을 발견했어.」비비안이 말을 이었다.
「다른 곳에도 이런 동굴들이 있거든. 근데 사람들은 동
굴만 발견하면 그 안에 계단을 놓고 조명을 설치하는
거야. 그러면 관광객들이 몰려들고, 그 동굴은 죽어
버려.」

나는 브리 마을의 작은 성당을 떠올렸다. 거기에 다
리가 놓여 사람들이 상류 쪽에서 강을 건너기 시작한
이후론 더 이상 아무도 찾질 않았다. 성당 문은 언제나
열려 있었고 스테인드글라스는 깨져 있었다. 내가 보기
에 거긴 죽은 곳이었다. 이 이야기를 하자, 비비안은 고
개를 끄덕였다.

「여기도 어쩌면 예전에 일종의 성당 같은 데였을 거
야. 어쨌든 난 그렇게 믿어. 그래서 여기 올 때마다 감사
의 기도를 올리고 용서를 구하고 날 적으로부터 보호해
달라고 빌어.」

나는 일어났다. 내 손가락을 벽에 그려진 그림 속의 손가락과 비교해 보려 하자 비비안이 말렸다. 그 아이 말로는, 어디선가 읽었는데, 곰팡이나 박테리아 때문에 그림들이 손상될 수도 있다는 거였다. 기분이 좀 상했는데, 왜냐하면 나한테는 박테리아도 없고, 곰팡이 따위는 더더욱 없었기 때문이다. 그런 거라면 생각만 해도 구역질이 날 지경이었다. 집을 떠난 후로 약간 더러워지긴 했지만, 그래도 난 언제나 청결에 몹시 신경을 쓰는 편이었다.

내가 다시 바닥에 주저앉자 비비안은 눈을 감았다. 그 아이가 어찌나 예쁘던지 나는 그 아이의 살갗 속으로 들어가서 비비안이 되고 싶었다. 비비안이 된다는 게 어떤 건지 알고 싶으니까. 그러다가 곧 내가 정말 그 아이의 살갗 속으로 들어가면 거울을 쳐다보지 않는 한 비비안을 볼 수 없게 될 거고, 그럴 바엔 차라리 비비안이 내 살갗 속으로 들어오는 편이 낫겠다는 생각이 들었다. 그렇게 되더라도 내가 그 아이를 볼 수 없기는 마찬가지지만, 그래도 그렇게 되면 적어도 내가 가는 곳마다 그 아이를 데려갈 수는 있을 터였다.

비비안이 입술을 꼼짝거려서, 나는 뭐 하는 거냐고

물었다. 기도하는 중이라고 비비안이 대답했다. 나는 비비안이 기도는 어떻게 하는 건지 보여 주기를 바랐다. 물론 성당에서 기도하는 법은 안다. 〈하늘에 계신 우리 아버지, 마크레 자식이 끔찍한 고통을 겪으면서 죽게 해주세요.〉 하지만 동굴에서라면 이야기가 달랐다.

「먼저 네 마음에 드는 것에 감사하다고 말해야 해.」 비비안이 설명했다.

쉬운 일이었다. 나는 두 눈을 감고, 입술을 움찔대며 비비안에게 고맙다고 했다.

「그럼, 이젠 네가 한 일에 대해 용서를 구해.」

나는 계속 입술을 움찔거렸는데, 이번엔 그저 시늉만 했다. 왜냐하면 아무리 생각해 봐도 내가 한 일이라곤 아무것도 없기 때문이었다. 어쨌든 요 며칠 동안엔 그랬다.

「마지막으로, 적들로부터 널 보호해 달라고 빌어.」

호기심 어린 눈초리로 비비안을 쳐다보자 비비안도 눈치를 챘는지 〈왜, 뭔데?〉라고 물었다. 내가 너에겐 적이 있을 수 없다고 말하자 비비안의 얼굴이 아주 심각해졌다.

「그럴 리가, 당연히 있어. 여왕한텐 언제나 적들이 있는 법이거든.」

「제일 고약한 적은 누군데?」

「용.」

나는 용이 뭔지 자세히 설명해 달라고 했다. 용은 불을 뿜어?

「아니, 불을 뿜지 않아. 용은 얼음장 같은 구름을 뿜어서 적들을 마비시켜. 덩치가 엄청나게 크고, 시커먼데다, 온몸이 비늘로 덮여 있고, 폴리스티렌으로 된 큰 날개를 가졌어. 그런데 제일 무서운 건 용이 어떤 형태도 취할 수 있다는 거야. 심지어 사람으로 변신할 수도 있거든. 게다가 용이 얼마나 가까이에 있는지 우리는 마지막 순간까지도 알 수 없다는 게 문제야.」

내가 비비안한테 보호해 주겠다고 말하자 그 아이는 빙그레 미소 지었다. 그 미소가 나에게 고마움을 표현하는 건지 어쩐지 알 수가 없었는데, 왜냐하면 나도 그렇지만 비비안도 내가 용하고는 상대도 되지 않는다는 걸 잘 알고 있기 때문이었다. 더구나 지금은 아빠의 사냥총까지 잃어버린 처지니까.

「근데 셸, 너한테도 적들이 있어?」

나는 곰곰이 생각한 끝에 적이 무척 많다고 대답했다. 하지만 비비안이 그 많은 적이 다 누구냐고 물었을 땐 겨우 두 명만 제대로 꼽았다. 우선 말로키오를 들었는데, 나는 그 악마를 정말로 적이라 부를 수 있는지 알 수 없었다. 왜냐하면 말로키오는 나한테만 개인적으로 원한을 가진 것이 아니라 모든 사람한테 못되게 굴기 때문이었다. 어쨌든 비비안이 말한 용도 마찬가지니까, 우리는 말로키오를 명단에 올리는 데 의견 일치를 보았다. 그다음으로는 물론 마크레가 있었다. 학교를 떠난 뒤엔 그놈을 다시 본 적이 없지만, 그 자식이 언젠가 또다시 나타나 나를 골탕 먹일 거라고 예상했다.

비비안은 양팔을 높이 쳐들더니 또렷한 목소리로 외쳤다.

「성령이시여, 우리를 용과 말로키오, 그리고 마크레로부터 보호해 주소서.」

비비안의 목소리가 정적 속에서 메아리쳤다. 아마 정령들도 우리의 기도를 들었을 것이다.

태양은 우리가 동굴 밖으로 나왔을 때도 여전히 고원을 데우고 있었다. 나는 생애 최고의 생일을 보냈는데,

그게 진짜 내 생일이 아니었기 때문에 오히려 더 근사했다. 비비안은 서둘러 나를 움막에 데려다줘야겠다고 했다. 그날 저녁 자기 성에서 파티가 열리기 때문에 옷을 갈아입어야 한다는 것이었다.

우리는 바위에서 멀어져 갔는데, 불과 몇 분 만에 바위는 자취를 감춰 버렸다. 마치 아예 이 세상에 존재하지도 않았던 것처럼 말이다. 비비안은 다시금 나한테 손으로 눈을 가리고, 제자리에서 맴돌라고 말했다. 갈 때처럼 똑같이 효과가 있었다. 아니, 처음보다 더 효과가 좋은 것 같기도 했다. 왜냐하면 첫 발을 떼려하자마자 어찌나 세상이 빙빙 도는지 그대로 땅바닥에 큰 대자로 뻗어 버렸기 때문이다. 비비안은 배를 잡고 깔깔 웃어 댔다.

움막에 도착하자 비비안은 자기만의 우스꽝스러운 방식으로 나와 악수를 하더니 냉큼 달음박질쳐서 돌아갔다. 나는 슬슬 배가 고프기 시작하는 참이었다. 파티를 한다는 소리를 들어서 더욱 그랬는데, 그래도 나는 아무 말도 하지 않았다. 배고픔을 잊기 위해 나는 움막 안에서 왔다 갔다 하면서 집 내부를 나누는 여러 방법을 머릿속으로 그려 보았다. 여기는 방, 저긴 거실, 거실

117

엔 텔레비전을 놓아야지. 또 여긴, 그렇지, 못할 게 뭐람, 지붕을 유리로 만들어 별들을 보는 거야. 맞다고, 유리 지붕은 정말 좋은 생각이라고 나는 잠자리에 들면서 생각했다. 비비안한테 말해 줘야겠어.

그날 저녁, 왜 그랬는지는 모르겠는데, 좌우지간 나는 잠들기 전에 눈을 세 번 깜빡이지 않았다.

내가 특별히 뚱보였던 건 아니지만, 살이 빠지기 시작했다. 주유소에 있을 때는 언제나 엄마가 준비한 밥을 먹었고, 또 마음이 내킬 때마다 요령껏 사탕도 슬쩍슬쩍 집어먹곤 했다. 그랬던 내가 지금은 입고 있는 바지가 헐렁헐렁할 정도였다. 무슨 말이냐 하면 예전보다 더 그렇다는 뜻이다. 심지어 비비안까지도 그걸 알아채고는 샌드위치를 더 많이 가져다주었다. 나는 그 아이에게 렌즈 콩을 좋아하느냐고 묻고는, 대답할 짬도 주지 않고서 대뜸 〈난, 좋아해〉라고 말했다. 그런데 비비안이 내 말에 담긴 의도를 알아차렸다고 볼 순 없었다. 왜냐하면 그 후로도 계속 샌드위치만 갖고 왔기 때문이다.

우리는 다시 동굴에 가곤 했다. 그럴 때마다 비비안

은 내 눈을 감게 하고 나를 팽이처럼 뱅글뱅글 돌게 했는데, 그 결과 나는 동굴로 가는 길을 여전히 알지 못했다. 비비안은 동굴 벽화가 덩치 큰 아이들이 아니라, 어쩌면 우리와 같은 사람들, 우리보다 털이 약간 더 많을지도 모르는 사람들이 그린 거라고 가르쳐 주었다.

벽화 앞에 앉아서 우리는 이야기를 꾸며 내곤 했다. 우리가 하는 놀이란 한 사람이 이야기를 하다가 멈칫거리면 곧 다른 사람이 그 이야기를 이어 가는 거였는데, 멈추지 않고 오래 이야기하는 사람이 승자가 되었다. 비비안이 언제나 이겼고, 난 그것에 감탄했다. 이야기를 꾸며 대는 건 나한테 식은 죽 먹기였다. 온종일 하는 거라곤 그 짓뿐이었으니 말이다. 하지만 이야기를 지어내면서 〈동시에〉 그걸 말로 풀어놓는 건 정말이지 보통 일이 아니었다.

하루는 비비안이 파란색 조끼를 입고 왔다. 내가 보기에 그 아이에게 매우 잘 어울렸다. 하지만 날씨가 더웠기 때문에 그걸 벗지 않겠느냐고 하자, 그 아이는 네 일이나 잘하라고 나한테 악을 쓰더니 그날 오후 내내 골을 부렸다. 지금이야 나도 익숙해졌는데, 사실 엄마도 그럴 때가 자주 있었다. 다만 비비안은 심지어 여왕이기 때문에 상황이 훨씬 고약하다는 게 차이라면 차이였다.

동굴에 가지 않을 때면 우리는 무당벌레 놀이를 하거나, 아니면 양치기 움막에 드러누워 소원을 빌었다. 한번은 비비안이 소원을 빌고 나서 1분이 지나기 전에 지붕 구멍으로 새가 지나가면 그 소원이 이루어진다고 말했다. 나는 비비안한테 지붕을 유리로 하면 더 많은 새들을 보게 될 테고 그러면 우리의 모든 소원이 이루어질 거라고 설명했다. 비비안은 그런 게 아니고, 새를 볼 수 있는 공간이 작을수록 더 중요한 소원을 빌 수 있는 거라고 대꾸했다. 내가 보기엔, 그다지 논리적이지 않은 말이었다.

나는 감히 비비안한테 같이 살자는 말을 다시 꺼내지 못했다. 비비안이 스스로 그런 생각을 하게 되는 편이 나을 거라고 마음을 정리한 터였다. 그래서 그저 이따금 넌지시 암시만 할 뿐이었다. 예컨대 동물이 그려진 벽지를 더 좋아하는지 꽃이 그려진 벽지를 더 좋아하는지 같은 걸 묻고는 이내 다른 화제로 옮겨 가는 식이었다. 어쨌든 그건 급한 일도 아니니까. 우리가 서로 알게 된 지 얼마나 되었는지 물었을 때, 비비안은 어깨만 으쓱했다.

「잘 모르겠어. 아마 2주 정도?」

바로 그런 점 때문에 나는 비비안을 좋아했다. 그 아이도 시간 따위는 신경 쓰지 않으니까.

나는 다시금 주유소에 있을 때처럼 깔끔하고 우아해졌다. 양치기 움막에서 멀지 않은 곳에서 샘터를 발견하자 비비안이 비누 조각을 가져다주었으므로 그걸로 몸을 씻고 빨래를 할 수 있게 된 것이다. 옷을 빨고 나면 물기를 빼내기 위해 온 힘을 다해 쥐어짰는데, 그러다가 난감한 일이 벌어지기도 했다. 어느 날 아침 셸 점퍼를 짜던 중에 두둑 하는 소릴 들었는데, 그건 점퍼의 어깨 부분, 그러니까 〈메이드 인 타이완〉이라고 찍힌 상표가 붙어 있는 데서 멀지 않은 소매 윗부분이 뜯어지면서 난 소리였다. 비비안은 찢어진 데를 꿰매는 데 필요한 것들을 가져다주겠노라고 하더니 그 약속을 지키지 않았다. 그래서 매번 그 점퍼를 입을 때마다 나는 곁눈질로 그 구멍, 어디를 가나 나를 따라다니는 그 성가신 구멍을 훔쳐봐야 했고, 그게 번거로워서 그 후론 잠잘 때만 그 점퍼를 걸쳤다.

햇볕이 쨍쨍하니 옷가지는 순식간에 말랐다. 나는 벌거벗은 채로 풀밭에 누워 빨래가 마를 때까지 기다렸다. 마침 언덕 뒤편에 남의 눈에 띄지 않는 비밀스러운 곳을 발견했는데, 거기선 아무도 날 볼 수 없을 듯했다. 당연한 말이지만 사실 나는 엄마 말고는 그 누구도 내가 벌거벗고 있는 걸 보는 게 싫었다. 심지어 병원에서 진찰을 받을 때도, 누가 되었든, 의사에게건 다른 사람에게건, 내 고추를 보여 주는 건 질색이었다.

비비안이 도착할 때면 난 기분 좋은 비누 냄새를 풍겼고, 그 아이가 시키면 무엇이든 할 준비가 되어 있었다. 비비안은 거의 매일 새로운 놀이를 생각해 냈다. 나는 이전에는 누군가와 함께 놀아 본 적이 없었는데, 비비안은 내가 그렇게 말하자 그 말을 믿으려 하지 않았다. 남자 형제도 없고, 하나뿐인 누나는 나이 차이가 너무 많이 나고, 예전에 학교 다닐 땐 아무도 나한테 말도 붙이지 않았는데, 대체 내가 누구하고 놀았겠느냐고 되묻자 그제야 믿기 시작했다. 물론 리샤르가 있긴 했다. 하지만 그 친구는 유난히 체스와 체커 놀이를 좋아했고, 나한테 그 놀이들의 규칙을 가르쳐 주려다 포기해야만 했다. 왜냐하면 나는 졸을 한 번 움직이려면 그게 어디서 온 건지, 어째서 그 자리에 있는지, 왜 칸을 옮겨야 하는지를 모르고선 그걸 움직이지 못하기 때문이었다. 리샤르는 제발 자신을 장기판의 졸과 〈동일시〉하지 말라면서 맙소사, 졸은 그냥 졸일 뿐이라고 말하곤 했다. 그래도 소용없었다. 나는 일부러 그러는 건 아닌 데도 어쩔 수 없이 나를 졸과 동일시했으니까. 제일 웃기는 건 나는 동일시한다는 말이 무슨 뜻인지도 모른다는 거였다.

하루는 아주 일찍 잠이 깼는데, 벌써 해가 높이 솟아올라 내 눈가를 비추고 있었다. 나는 그냥 뜬금없이 부모님 생각이 났고 그래서 슬펐다. 어쨌든 부모님이 너무나 보고 싶어서 머리가 심하게 어질어질할 정도였다. 1번에만 놓아도 어떤 빵이든 태워 버리는 토스터 냄새가 나는 것 같았고, 우리 집 지하 유류 탱크가 거의 비어서 곧 다시 채워야 할 무렵에 나는 졸졸거리는 기름 소리도 들리는 것 같았다. 처음으로 치커리를 마시게 된 날을 떠올렸다. 그건 내가 더 이상 어린아이가 아니란 의미였고, 따라서 그 후론 매일 치커리를 마셨지만 솔직히 그걸 썩 좋아하지 않는다고는 아무에게도 말하지 않았다.

하마터면 울 뻔했는데 이내 비비안과 한 약속을 떠올렸다. 나는 옷을 입었고, 바깥에서 발자국 소리가 들릴 때쯤 다시 기운을 추스르고는 창가로 갔다. 비비안이 오늘 아침엔 여느 때보다 꽤 일찍 왔네.

바깥에는 헌병들이 와 있었다.

헌병은 모두 세 명이었다. 그들은 움막 입구를 막고 있는 죽은 가시덩굴 너머로 안을 들여다보려고 끙끙대고 있었다. 그들이 아직 나를 보지 못한 틈을 타서 움막 뒤편으로 뛰어내렸다. 막 돌더미 위로 기어 올라가 구멍으로 빠져나왔을 때 헌병들은 안으로 들어오려고 발로 가시덩굴을 쳐내기 시작했다. 나는 움막 뒤편 풀밭을 가로질러 전력을 다해 샘터까지 달렸다. 그런 다음 그 뒤에 숨어 거친 숨을 몰아쉬었다. 그렇게 한참이 지난 다음에야 비로소 움막 쪽을 쳐다보았다. 비록 멀리 떨어져 있긴 해도 창문 너머로 헌병들이 움직이는 모습이 보였다. 나는 혹시 움막에 남겨 둔 것은 없는지 곰곰이 생각해 봤다. 다행히 아무것도 없었다. 잠이 깬 직후였기 때문에 점퍼도 몸에 걸친 상태였다. 아마도 헌병들은 침대로 썼던 짚단 정도는 보게 될 테지만, 집 안이 반절쯤 무너져 내린 상태이므로 웬만한 눈썰미로는 어림없을 터였다.

숨을 고른 나는 매일 아침 빨래가 마를 때까지 기다리곤 하던 언덕까지 뛰어갔다. 아직 해가 거기까진 닿지 않아 영 다른 곳처럼 보여서 덜컥 겁이 났다. 어쩌면 내 집, 나 혼자만의 첫 번째 집을 헌병들이 뒤지고 있는 중이라 그럴지도 모른다. 나는 인디언처럼 언덕 정상에 드러누워 기다렸다. 헌병들이 여전히 떠나지 않았다. 반대편 풀밭을 내달려 경사면에 등을 기댔다. 여기라면 아무도 나를 볼 수 없겠지. 나는 제발 비비안이 이런 순간에 나타나지 않기를 바랐다. 왜냐하면 비비안은 여자이고, 아빠는 여자들이란 항상 말이 많다고 했기 때문이다.

하긴 비비안은 이렇게 이른 시각엔 온 적이 없었다. 그래서 나는 비비안이 당도하기 전에 채비를 마치고 빨래까지 할 시간이 있었다. 비비안은 그게 나한테 얼마나 중요한 일인지 잘 알고 있었다. 어쨌든 비비안은 쉴 새 없이 재잘대는 아이도 아니었고, 나를 배신하느니 차라리 죽는 편을 택할 터였다. 행여 일이 잘못된다면, 만에 하나 비비안의 입을 열려고 그 아이를 고문이라도

127

한다면, 그때 난 호주머니에 두 손을 꾹 찔러 넣고서 헌병들한테 그 아이는 풀어 주라고, 이 일은 그 아이와는 아무 상관도 없고, 나와 그자들 사이의 일이므로 당장 비비안을 풀어 주라고 명령했을 것이다. 그리고 비비안한텐 〈자, 어서 가〉라고 말해야지. 그러면 그 아이는 두 눈에 눈물이 그렁그렁한 채 마지막으로 내 쪽을 돌아볼 테고, 나는 그 아이한테 빙긋 미소 지어 보이면서 고갯짓을, 〈모든 것이 다 잘될 거야〉라는 뜻이 담긴 고갯짓을 할 것이다. 물론 우리 두 사람 모두 그게 사실이 아니란 건 알고 있지만 말이다. 그런 다음 내가 모자와 가면을 벗으면서 헌병들한테 〈당신들이 찾는 건 바로 나야, 돈 디에고 데 라 베가〉라고 말하면 그자들은 자기들 눈을 의심하리라.

잠이 깼을 때 나는 온통 땀범벅이었다. 처음엔 헌병들이 나오는 꿈을 꾸었다고 생각했는데, 알고 보니 움막 바깥 풀밭에 해를 정면으로 받으며 드러누워 있었다. 언덕 꼭대기로 기어 올라가 보니, 헌병들은 떠나고 없었다. 이번처럼 예전에도 내가 감정이 매우 격한 상태에서 잠이 든 적이 있긴 했는데 이미 아주 오래전에 있었던 일이었다. 잠을 자고 나니 조금 나았다. 풀은 따

뜻했고, 모든 것이 이전 같았다.

나는 싱긋 미소 지은 다음, 절대 해서는 안 될 일을 했다. 도로 잠이 들어 버린 것이었다.

소리를 내지르며 잠이 깼는데, 왜냐하면 꿈속에서 시커먼 용이 나에게 달려들었기 때문이다. 온몸이 차가웠지만 두 뺨만은 불덩이였다. 밤이었다. 굴뚝 속처럼 깜깜한 밤. 풀이 벌써 젖어 있었는데, 그건 시간이 꽤 흘렀다는 의미였다. 나는 온종일 땡볕 아래서 잠을 잔 것이다. 더위를 먹은 게 분명했다.

네 발로 기어 샘터로 되돌아갔다. 어른스러운 나지막한 목소리가 물을 조금씩, 천천히 마시라고 일러 주었건만, 나는 나인지라 그와 정반대로 행동했다. 산 전체가 곧바로 내 목구멍 안으로 흘러들도록 꿀꺽꿀꺽 끝도 없이 물을 마셔 댔다. 물에서는 돌과 차가운 금속 맛이 났는데, 맛이 좋았다. 나는 거의 즉시 탈이 났다.

점판암에 기댄 채 숨을 골랐고, 마침내 일어설 수 있게 되자 양치기 움막으로 돌아왔다. 이제는 문을 통해 움막 안으로 들어갈 수도 있었지만, 죽은 가시덩굴을 도로 문 앞에 가져다 놓은 다음, 여느 때처럼 돌무더기를 타고 구멍을 통해 움막 안으로 들어갔다. 나한테는 그렇게 하는 게 중요해 보였다. 아름다운 집엔 다 거기에 어울리는 법도가 있는 법이다. 물방앗간에 들어가는 것과 똑같을 수는 없는 노릇이었다. 나는 벽에 기대야 했는데, 왜냐하면 심하게 울렁거리기 때문이었다. 겨우 자리에 누웠다. 나는 비비안이 왔었는지 알 길이 없었다.

이슬이 맺힌 것을 보니 아침이 멀지 않았다. 이제 곧 날이 밝으면 주위 풍경이 환하게 빛날 것이고, 세상이 환하게 빛날 땐 모든 것이 훨씬 나을 터였다. 나는 점퍼로 몸을 두르고 기다렸다. 전날부터 먹은 게 하나도 없지만 배가 고프지 않았다. 심지어 엄마가 해주던 렌즈 콩 요리를 떠올렸을 때도 위장이 뒤틀리는 건 확실히 탈이 났다는 증거였다.

따지고 보면 전쟁터에 가지 않은 건 잘한 일이었다. 나는 꽤나 유별난 군인이 되었을 게다. 천방지축 사방으로 뛰어다녔을 테고, 그러다가 〈적색경보, 셸 병사가 행방불명되었다〉는 소동이 나고, 그러면 내가 속해 있던 수색대 대원들은 혼비백산할 것이고, 결국 전쟁터 한복판에서 잠들어 있는 나를 발견하게 되겠지. 그러면 훈장은 다 날아가 버리는 거야. 그래, 차라리 지금이 더 나아. 아무리 용감한 척해 봐야 다 소용없었다. 나에겐 언제나 돌봐 줄 사람이 필요했으니까. 조로에게도 베르나르도가 있었듯이 말이다.

베르나르도, 비비안, 용. 눈꺼풀 위로 쏟아지는 햇빛. 나는 다른 데로 끌려가고 싶지 않아. 땅이 쩍쩍 갈라진다. 그냥 학교에 다니고 싶다니까.

허리를 곧추 세우고 앉았다. 눈꺼풀은 딱 달라붙어 버렸고, 목은 고래고래 고함이라도 지르고 난 듯 아팠다. 날이 밝았다. 추운 건 덜했지만 나머지 상태는 영 별로였다. 빨래나 할까? 아니야, 너무 멀어. 내일 정도면 또 모를까. 어쨌든 난 비비안을 놓치고 싶지 않았다.

비비안은 오지 않았다. 그날도, 이튿날도, 그다음 이튿날도. 이제 생각해 보니, 그 후 우리는 이 집에서 다시 만난 적이 없었다. 나는 풀을 한 줌 뜯어서 씹어 보고, 흙도 먹어 보려 했지만 이내 뱉어 버렸다. 물을 마셨더니 열이 펄펄 끓었고, 어른스러운 목소리는, 비록 내가 그 소리가 시키는 대로 한 적은 한 번도 없지만, 집으로 돌아가야 한다고, 나한테는 이제 그럴 기운만 남아 있다고, 지금 돌아가면 그래도 괜찮을 거라고 계속 나를 타일렀다. 더 늦기 전에 주유소로 돌아가야만 할 터였다. 그러면 엄마가 나를 보살펴 주고, 건강이 회복되도록 도와줄 것이다.

하지만 나는 기다리고 싶었다. 조금만 더, 혹시 모르니까 아주 조금만 더. 딱 하루만, 그리고 하루만 더, 그리고 어쩌면 진짜로 마지막이 될 하루만 더.

비비안이 끝끝내 오지 않을 것이란 걸 알았을 때는 벌써 너무 여러 날이 흐른 뒤였다. 무척 오랫동안 고열과 허기에 시달린 통에 몸도 많이 축났다. 나는 도저히 Z자처럼 구불구불 생긴 길을 걸어 내려가지 못하리란 사실을 깨달았다. 하지만 상태가 정말 심각하다고 생각하게 된 건 바지를 지리고도 완전히 무감각했을 때였다.

물을 마실 기력도 없었다. 그러니 죽는 일만, 잔뜩 쪼그라들어서, 할머니가 그랬던 것처럼, 조용히 세상 밖으로 밀려나는 일만 남았다.

겁이 났지만, 그런 상태가 오래가지는 않았다. 따지고 보면 겁을 먹게 되는 건 앞일을 알지 못하기 때문이었다. 비비안이 다시 돌아올지, 그렇게 되면 나한테 무슨 일이 벌어질지, 또 다음번엔 마크레 녀석이 어디서 튀어나와 나를 덮칠지……. 이제 모든 건 분명했다. 비비안은 오지 않을 것이고, 나는 죽을 것이니, 마크레는 원 없이 나를 괴롭힐 수 있을 테지만, 녀석이 그런들 무슨 대순가. 마크레 녀석만 바보 멍청이 취급을 받겠지.

그러고 보니 마크레 녀석 얼굴도 잘 생각이 나질 않았다. 다만 녀석의 부리부리한 두 눈이 심술로 가득 차 있었다는 사실만 기억날 따름이었다. 참 웃기는 일이다. 내가 그토록 증오했던 녀석이거늘. 모든 것은 아득히 먼 옛이야기일 뿐이었다.

엿새째 되는 날이 시작되었다. 어쩌면 이레째인지도 모르겠다. 어쨌든 이거나 저거나 한 자리 숫자에 불과할 뿐이니까. 나는 머릿속으로나마 나의 여왕님을 찾아 고원을 샅샅이 뒤졌다. 그렇게 공중을 날아다니며 찾는 게 더위와 추위에 시달리며 발품을 파는 것보단 훨씬 수월했다. 나는 불과 몇 초 만에 어마어마한 거리를 누볐고, 한쪽 끝에서 반대쪽 끝까지 훑고 나면 언제나 태양이 떠오르는 쪽에서 여정을 끝내곤 했다. 하지만 비비안이 어디에 사는지 도무지 알아낼 수 없었다. 그러나 비비안이 산다는 그 성, 이 고원에 성이라고는 딱 하나뿐일 테니까 반드시 눈에 띌 수밖에 없을 것이었다.

그간 잠들기 전에 눈 깜빡이는 걸 빠뜨리지 말았어야 했다고 나는 뒤늦게야 생각했다. 모든 건 다 그 때문이었다. 괜히 잘난 체하느라 말로키오를 끌어들이고 말았다. 나는 묵주 기도를 암송했다.

그런 게 아니라면, 내가 마지막으로 비비안을 만났을 때 뭔가 허튼짓을 하거나 하지 말았어야 하는 말을 한 게 분명했다. 아니, 그럴 리 없어. 그때 우리는 소원을 빌었고, 비비안은 행복해 보였다. 그냥 비비안이 나를 배신했고, 그래서 이 지경이 된 것이었다. 본래 여자들은 말이 많은 법이고, 기회만 있으면 배신하므로, 절대 믿을 게 못 된다. 조로도 결혼을 안 했고, 내가 주름 잡힌 유니폼 때문에 조로보다 덜 좋아하는 인물이긴 하지만 슈퍼맨도 결혼을 하지 않았으니, 그것만 봐도 맞는 말이다. 만일 헌병들한테 내가 있는 곳을 알려 준 장본인이 비비안이라면? 아니, 그 아이는 절대 그랬을 리 없다. 그냥 운이 나빴던 거다. 헌병들은 고원을 이 구석 저 구석 이 잡듯이 샅샅이 뒤졌으리라. 그게 전부다.

빛 줄기와 어둠, 구멍 뚫린 움막 지붕 위로 흘러가는 구름 조각, 달과 해가 교차하며 하루하루가 미끄러지듯 흘러갔다. 나는 아침이면 추위에 떨었고 저녁에도 불덩이가 된 상태로 여전히 추위에 으슬으슬 몸을 떨었다. 덕분에 더러운 집에서 잠을 자면 어떻게 되는지는 잘 배운 듯했다.

번뜩 계시처럼 한 가지 생각이 떠올랐다. 나는 벌떡 일어나, 사람들을 놀라게 했던 그 커다란 당나귀 울음소리를 내면서 웃기 시작했다. 마침내 깨닫고 말았다. 이 모든 건 존재하지 않는다는 걸. 고원 같은 것도 비비 안도 처음부터 아예 없었다. 나는 절친한 여자 친구도 없고, 동굴에서 기도하지도 않았고, 산에서 물을 마시지도 않은 거였다. 어쩌면 나란 사람 자체, 사람들이 알고 있는 모습의 나, 튀브 다리의 바보인 나조차 존재하지 않는지도 모를 일이었다. 나는 그저 다른 사람들과 똑같은 보통 사람, 정상적인 사람, 더할 나위 없이 평범한 소년으로 절벽에 난 Z자 길을 기어오르기로 작정했다. 그런데 몹시 현기증이 났고, 이거야말로 이 희한한 이야기 중에서 유일한 사실이며, 그 후 추락했다. 지금은 계곡 구석에 떨어져서 서서히 죽어 가는 중이다. 생명이 꺼져 가는 마지막 순간에 이런 정신 나간 이야기를 상상하면서 말이다.

그렇다. 이제 나는 죽었으니, 드디어 더는 괴로워하지 않아도 될 것이다. 오, 제발.

반사되는 빛이 내 주의를 끌었다. 파리 한 마리가 눈두덩에 앉기에 녀석을 쫓아 버린 다음 주변을 보려고 위쪽으로 기어 올라갔다. 흙더미 뒤로 금속 버클이 붙은 천 배낭이 보였다. 금속은 뜨끈뜨끈했다. 부어오른 손가락으로 굼뜨게 배낭을 열었고, 그 안에 들어 있는 것들을 보면서 마른 눈물을 흘렸다. 내가 진짜로 울었는지 아닌지는 아무려나 상관없었다.

배낭 안에는 편지 한 통과 렌즈 콩 통조림 세 개, 그리고 통조림 따개가 들어 있었다. 편지 위에는 내 이름, 그러니까 셸이 적혀 있었다. 허기는 벌써 한참 전에 달아난지라 우선 편지를 펼쳐 보았다. 꾹꾹 눌러서 쓴, 한쪽으로 가지런하게 기울어진 비비안의 예쁜 글씨. 하지만 내가 이해하기에 그 편지 내용은 너무 복잡했다. 특히 그때 내 상태에선 더더욱 그랬다. 단어들은 껑충껑충 뛰어다니며 춤을 추고 글자들은 제자리에서 빙글빙글 맴돌았다.

렌즈 콩 통조림을 하나 땄다. 어찌나 허겁지겁 먹었

던지 속이 불편했다. 두 번째 통조림은 천천히 먹었다. 먹다 보니 목이 마르다는 생각이 들었지만 샘터까지 갈 만한 기력은 없었다. 적어도 당장은 아니었다. 나중에 샘터에 가서 물을 마셔야겠다고 나는 다짐했다. 지금은 렌즈 콩 통조림 절반만 더 내 배 속에 넣고 쉬어야 했다. 나는 시원한 물이 입술에 닿을 때의 감각을 상상했다. 내 입술은 땅바닥처럼 쩍쩍 갈라진 상태였다. 그래, 정말이지 깜짝 놀라게 삼삼할 거야.

다시 편지를 꺼내고는 거기에 코를 박았다. 학교 냄새가 기분 좋게 났다. 비비안은 헌병들이 들이닥치던 날 왔던 게 틀림없었다. 언덕 뒤에 숨어서 잠이 들었을 때 말이다. 비비안은 금세 눈에 띄는 곳에 배낭을 놓아두었는데, 내가 밤에 움막으로 돌아오다가 배낭을 차 버렸을 테고……. 그때도 벌써 몸이 불덩어리처럼 뜨거웠고, 어두워서 아무것도 안 보였을 테니까, 배낭이 굴러떨어진 것조차 몰랐던 거였다. 그렇다면 우리가 앞으로 영영 못 만나게 된다는 뜻일까? 편지에 분명히 적혀 있을 테니, 그 편지를 반드시 읽긴 읽어야 할 터였다. 나는 하나씩 떨어져 있는 단어들이라면 대부분 이해하지만, 그것들을 붙여 가며 읽으려고 하면 그때부터, 학교에서 리본 댄스를 할 때처럼 모든 것이 엉망으로 뒤엉켜 버렸다. 리본이야 원래 뒤섞이도록 되어 있는 것이었는데도 나는 그 리본조차 올바른 순서대로 섞지를 못했다. 하물며 편지를 읽어야 한다니, 말을 말아야지.

갑자기 시커먼 분노가, 골짜기를 온통 막아 버릴 만큼 엄청난 분노가 나를 사로잡았다. 그건 순서대로 뒤섞여 주지 않는 리본에 대한 분노였고, 내가 읽지도 못할 편지를 쓴 비비안에 대한 분노였으며, 나 자신과 내가 안고 있는 모든 문제, 아무도 사랑하지 않는 아빠, 그런 아빠를 용서하는 엄마에 대한 분노였으며, 구멍이란 구멍은 모조리 틀어막았다고 확신하는 순간에도 어떻게 된 건지 내 방으로 끊임없이 기어 들어오는 개미들에 대한 분노였다. 그건 1번 위치에 놓았는데도 빵을 태워 버리는 토스터에 대한 분노이기도 했고, 또한 아무 짝에도 쓸모없는 허기와 목마름에 대한 분노이기도 했다. 그리고 그 거지 같은 편지며 그 편지가 담고 있는 모든 비밀에 대한 분노였기에 나는 두 손으로 편지를 움켜쥐고는 그걸 찢어 버렸다. 점점 더 작게 찢고 또 찢어서 더는 찢을 수 없는 정도로 작아질 때까지 계속 갈기갈기 찢었다. 비비안이 한 말, 그 아이가 쓴 편지, 난 그런 건 아무래도 좋았다. 중요한 이야기일 리가 없었다. 만일 중요했다면 비비안은 내가 돌아올 때까지 기다렸다가 말을 했을 것이다. 행여 그 편지에 중요한 내용이 담겨 있었다면, 그 아이에겐 꼴 좋은 일이었다. 나 같은 바보 멍청이한테 편지를 쓰려면, 쓰기 전에 먼저 생각을 했어야지.

나는 이내 내 행동을 후회했다. 내가 바보 멍청이인 건 사실이다. 뭘 하든 결국 언제나 바보 소리를 들었고, 그런 말을 하는 사람들이 옳았다. 나는 머릿속에서 편지를 다시 이어 붙였고 그러자 벼락처럼 갑자기 그걸 읽을 수 있었다. 내 귀엔 비비안의 목소리가 들렸고, 멋진 문장들이 밝은 빛줄기처럼 펼쳐지면서 모든 것이 환해졌다. 비비안이 내일 다시 오겠다고, 모든 건 예전처럼 다시 시작할 것이고, 겁먹게 해서 미안하다고 말했다. 그럼 안녕.

물. 물을 마시러 가야만 할 터였다.

그럼, 가야지. 나는 흙 범벅인 입술로 속삭였다. 몇 분만 참으면 돼.

나는 물을 마시러 가기 위해 몸을 일으키려 했다. 하지만 어떤 손이 내 어깨를 눌러서 나를 땅에 꼼짝 못 하게 붙들어 맸다. 내 입술이 금속에 닿자, 흘러나온 물줄기가 입을 씻었다. 위장이 마치 누가 그 위를 걷기라도 하듯 뒤틀렸다. 칠흑 같이 어두웠는데, 그건 어쩌면 내가 눈꺼풀을 들어 올리지 못하기 때문일 수도 있었다. 나는 고함을 질렀다. 아니, 그러고 싶긴 했다. 왜냐하면 내 귀엔 아무 소리도 들리지 않았으니까.

얼마나 오랫동안 그런 상태로, 그러니까 손들이 하자는 대로 허둥대면서 지냈는지 모르겠다. 손들은 어떨 땐 나를 붙잡아 일으키는가 하면, 다른 땐 나를 꼼짝 못 하게 묶어 두고, 또 다른 땐 나를 재촉했다. 하루는 두 눈이 떠졌는데, 나를 향해 다가오는 솜 하나가 보이기에 그걸 막으려 버둥거렸다. 아주 어렸을 때부터 나는 솜과 닿는 거라면 끔찍했다. 어떻게 설명을 해야 좋을지 모르겠지만, 난 그게 이가 빠지려는 징조란 생각이 들었다. 그건 저마다 손톱 끝으로 끼이익 소리가 나도록 칠판을 긁으면서 누가 제일 오래 버틸 수 있는지 보는 놀이보다 더 고약했다. 비명을 질렀지만, 아무 소용이 없었다. 미지근한 솜이 내 눈썹 위에 내려앉았다. 이는 빠지지 않았다.

조금씩 조금씩 통증이 사라졌다. 나는, 예전에 언젠가 물에 빠져 죽을 뻔했을 때처럼, 둥둥 떠다녔다. 초록색 선들과, 눈깔사탕처럼 동그랗게 쏟아져 내리는 빛, 뿌옇게 날리는 모래, 쿵쾅거리는 심장 박동 소리 속에 떠 있었다. 누군가 나를 물에서 구조해 주기 직전, 마지막 순간에 커다란 평온을 느꼈는데, 지금이 바로 그랬다. 나는 머지않아 뭍에 도달한다는 걸, 파도가 나를 물가 모래밭으로 밀어 줄 거라는 걸 알고 있었다. 얼떨떨할 테지만 무사한 상태로 말이다.

뭔가 축축한 것이 얼굴에 닿았다. 뜨거운 바람과 야릇한 냄새도 따라왔다. 손을 들어 올리자 커다란 털북숭이 머리가 만져졌다. 번쩍 눈을 뜬 나는 소리를 질렀

다. 내 뺨을 핥던 피레네 양치기 개가 얼른 혀를 거두더
니 컹 하고 한 번 짖고는 냅다 밖으로 달려 나갔다.

나는 마치 갓난아기처럼 게걸스럽게 숨을 들이마셔
허파를 가득 채웠다. 열은 더 이상 나지 않았다. 몸을 일
으키려 했지만 너무 힘이 들어서 눈알만 굴렸다. 천장
이 달라져 있었다. 오래전부터 가운데 구멍이 난 내 양
치기 움막의 둥근 지붕이 아니었다. 대신, 돌로 쌓은 네
개의 벽 위에 얹혀 있는 마디 있는 목재 대들보가 눈에
들어왔다. 고개를 이리저리 돌렸다. 날은 벌써 밝아 있
었고, 창문 너머로 초록색 병과 같은 빛깔의 낡은 반트
럭이 보였다. 틀림없이 어딘가에서 본 트럭이었다.

흰 털을 가진 덩치 큰 개는 어느새 돌아와 내가 누워
있는 침대에서 그리 멀리 않은 곳에 앉아 커다란 혀를
아래로 늘어뜨린 채 나를 바라보았다. 손을 뻗어 개를
쓰다듬어 주고 싶었지만 닿지 않았다. 나는 개를 좋아
하지만 한 번도 직접 길러 본 적이 없었다. 엄마가 개가
없어도 이미 할 일이 너무 많다고, 나는 동물을 돌볼 줄
모른다고, 또 설사 개를 키운다 해도 결국 사튀르냉 짝
이 날 거라고 불평을 늘어놓으면서 반대했다. 사튀르냉
은 내가 학교 바자회 행사에서 상으로 받은 병아리였

다. 아니, 정확하게 말하면 내가 딱해 보여서 사람들이 거저 준 거였다. 때론 마을의 천치 바보라서 덕 볼 때도 있는 셈이었다. 사튀르냉은 엄청나게 큰 암탉이 되었다. 그렇지만 어느 날 내가 깜빡 잊고 닭장 문을 닫지 않는 바람에 계곡 도로에서 차에 치어 죽었다. 그러니 개는 어림도 없다.

바깥에서 발자국 소리가 들리더니 마티 아저씨가 고개를 숙이면서 안으로 들어왔다. 그 정도로 아저씨는 키가 컸다. 나는 그제야 〈아아아아〉 소리를 냈다. 왜냐하면 초록색 반트럭이 누구 차인지 알게 되었기 때문이다. 그러고는 이내 다시 잠이 들었다.

어느 날 저녁 나는 잠이 깨자 자리에서 일어났다. 그냥, 아무 일도 없었던 듯이 말이다. 마티 아저씨는 큰 식탁에 앉아 정면을 바라보면서 수프를 접시째 훌훌 마셨다. 아저씨는 수프를 계속 먹으면서 선반에서 큰 접시를 하나 꺼내더니 맞은편 자리 앞에 놓았다. 그게 전부였다. 나는 자리에 앉아 그가 건네준 멋진 뿔 장식 주머니칼로 빵 한 조각을 잘랐다. 우리는 함께 먹었다. 말이라고는 한마디도 하지 않았다, 당연히.

그게 당연한 건, 조로의 충실한 하인 베르나르도처럼 마티 아저씨는 벙어리기 때문이었다. 아저씨는 어느 날 갑자기 마을에 왔는데, 아무도 아저씨가 어디서 왔는지 몰랐다. 어쨌든 아무도 나에게 마티 아저씨가 어디서 왔다고 말해 주지 않았고, 아저씨 스스로 그런 말을 해 줄 리도 없었다. 아저씨는 고원의 양치기로, 우리 주유소의 단골이기도 했다.

아빠는 마티 아저씨를 별로 좋아하는 것 같지 않았는데, 그 이유를 알 수 없었다. 적어도 아저씨는 기름을 넣으러 평야 지대로 가지는 않았는데 말이다. 마티 아저씨가 우리 주유소에 들를 때마다 아빠는 〈저런 것들〉이 이젠 여기까지 찾아오니, 어딜 가도 조용하긴 글렀다고 투덜대곤 했다. 나는 아빠한테 〈저런 것들〉이 누구인지 물었다. 아빠는 그저 〈여기 사람이 아닌 사람들〉이라고만 했다. 내가 아빠한테 마티 아저씨가 어디서 왔느냐고 묻자, 아빠는 아는 바 없고, 어디에서 왔다 한들 무슨 상관이겠으며, 아저씨가 여기 사람이 아닌 건 확실하니, 그거면 충분하다고 대꾸했다.

나는 마티 아저씨를 좋아했다. 언젠가 한번은 내가 주유소 뒤편에서 우는 걸 아저씨가 보았다. 마티 아저씨는 아무 말 없이 내 앞을 지나 돈을 내러 가더니 주유소를 나가면서 나한테 초콜릿 바 하나를 던져 줬다. 그러고는 초록색 반트럭을 타고 사라졌다. 그 후로 나는 마티 아저씨가 우리 주유소에 올 때마다 공짜로 앞 유리창을 닦아 주었다.

마티 아저씨는 잘생겼다. 정말 잘생겼다. 마티 아저씨는 머리가 온통 하얬는데, 그건 나이 들었다는 표시인데도, 그다지 늙은 티가 나지 않았다. 아저씨는 키가 무지 크고 무엇보다 힘이 엄청 셌다. 한번은 내가 기름을 가득 채우는 동안 양들 가운데 한 마리가 트럭에서 뛰어내린 적이 있었는데, 마티 아저씨는 한 손으로 녀석을 잡아 가뿐히 트럭에 다시 올려놓았다. 물론 그게 제일 덩치가 큰 놈은 아니었을 거라는 데 나도 동의하지만, 아무리 그래도.

동네 노인들은 마티 아저씨를 〈실렌치〉[10]란 별명으로 부르곤 했다. 누가 마티 아저씨의 혀를 잘라 버렸다는 이야기를 들은 적이 있다고 아빠가 말하자, 엄마는 말도 안 되는 소리 말라면서, 그런 사람들은 태어날 때부터 원래 그런 거라고 반박했다. 나로서는 누구 말이 옳

---

10 〈말 없는 사람〉이란 뜻으로, 프로방스 지방 방언이라 여겨진다.

은지 알 수 없을뿐더러, 마티 아저씨 입을 벌리고 직접
그 안을 들여다보기 전엔 아무도 모를 일인 것 같았다.
수프를 먹는 동안 두어 번 아저씨를 힐끔 쳐다보긴 했
지만, 아무것도 볼 수 없었다.

식사가 끝나자 마티 아저씨는 주머니칼을 접었고, 그
러고 나서 우리는 바깥으로 나가 문 앞의 커다란 바위
위에 앉았다. 밖은 아직 환했다. 조금 웃겼다. 왜냐하면
우리 주변으로 똑같은 산, 똑같은 고원이 펼쳐져 있기
때문이었다. 풍경은 내 움막에서 보는 것과 하나도 다
를 게 없는데, 내 움막은 시야에서 사라져 버렸다. 마티
아저씨가 지탄[11] 한 개비를 꺼내 둘로 쪼개더니 한 조각
을 건넸다. 내가 고개를 가로젓자 아저씨는 나에게 권
했던 조각을 주머니에 넣고서 자기 것을 피웠다. 나는
아저씨가 뿜어내는 담배 연기를 맡는 것으로 만족했다.
그걸로 충분했다. 게다가 아저씨가 나한테 담배를 권했
단 사실만으로도 뿌듯했다.

나를 어떻게 찾았느냐고 묻자, 마티 아저씨는 그저
시선을 조금 돌려 멀지 않은 곳에서 한 발을 쳐들고 있
는 자기 개를 가리켰다. 주인이 양 떼를 모는 동안 개가

11 프랑스의 담배 상표로, 독한 담배를 상징한다.

냄새를 맡고는 나를 찾아낸 모양이었다.

나는 주유소의 침묵에 워낙 익숙했던 터라 말없이 지내는 것이 불편하지 않았다. 그렇긴 하지만, 마티 아저씨도 내가 어쩌다 그렇게 된 건지 궁금할 거란 생각이 들었다. 아저씨를 마지막으로 봤을 때만 해도 나는 말끔히 세탁한 멋진 셸 점퍼를 입고서 기름 탱크에 기름을 가득 넣어 주는 일을 깔끔하게 해내고 있었다. 그러다가 어깨가 떨어지고 꼬질꼬질한 작업복을 걸친 채 고원에서, 있는 거라곤 기껏해야 양들과 꼴, 여왕이라 자처하는 계집아이뿐인 고원에서 거의 죽어 있는 나를 발견한 것이다.

나는 마티 아저씨가 묻지도 않았는데, 우리 부모님이 날 먼 곳으로 보내려 했으며, 그래서 내가 더 이상 어린아이가 아니란 걸 증명하고 싶었다고, 비비안과는 어떻게 만났는지, 또 그 계집아이가 중요한 사람으로 보이기 위해 어떤 식으로 행동했는지 미주알고주알 떠들어 댔다.

그런 다음, 나는 비비안의 금발 머리카락, 살짝 겁이날 정도로 새까만 눈동자, 그 무엇도 건드리지 않으려는 듯한 그 아이의 움직임, 너무 그러다 보니 결국 모든 것을 휘저어 놓아 눈사태에 휘말린 것 같은 느낌을 주고 마는 그 움직임까지 비비안을 요모조모 묘사했다.

비비안이 나한테 쓴 편지를 갈기갈기 찢어 버렸는데, 혹시 마티 아저씨가 주워 오지는 않았는지도 물어봤다. 아저씨는 말없이 커다란 머리만 가로저었다. 비비안이 어째서 그런 바보 같은 편지만 남기고 사라졌는지 모르겠다고 하자, 아저씨가 씩 웃었다. 나는 마티 아저씨가 웃는 걸 처음으로 보았다. 아저씨는 주머니에서 오래된 사진 한 장을 꺼냈다. 옛날식으로 색 처리된 사진 속에는 우스꽝스러운 머리 모양을 한 여자가 한 명 있었다. 그 여자의 이마 위로는 금화 몇 닢이 떨어지는 중이었다. 여자 가까이에 두 아이가 웃고 있었는데, 그중 여자아이는 앞니가 두 개나 빠져 있었다. 이 사진에 대해 뭐라고 해야 할지 몰라서, 그저 색깔이 마음에 든다고 말했다. 그러자 마티 아저씨가 고개를 끄덕이며 사진을 다시 주머니에 챙겨 넣었다. 내 말이 마음에 든 눈치였다.

마티 아저씨는 담배를 끝까지 피웠고, 담배는 발뒤꿈치로 뭉갤 꽁초조차 없이 아저씨의 손가락 사이에서 사라졌다. 부스러기 담뱃잎만 바람에 날렸다. 갑자기 마음이 울적해졌고, 마티 아저씨가 움막에 쓰러져 있던 나를 찾아내 준 것마저 원망스러웠다. 차라리 아저씨가 나를 거기서 그냥 그렇게 죽게 내버려 두는 편이 더 나았을 것 같았다. 나는 보란 듯이 그런 생각을 강하게 내보였는데, 그러고 났더니 그건 도리가 아니란 생각이 들어 즉시 사과를 했다. 마티 아저씨는 그저 흰 턱수염만 긁적일 따름이었다. 나는 아저씨에게 내가 그렇게 된 건 비비안 때문이라고 설명했다.

마티 아저씨에게 말하는 동안 비로소 그건 비비안 때문이 아니고, 사실 내가 이렇게 된 데에는, 모두에게 나는 나이고, 나에겐 아무도 필요 없으며, 나 혼자서도 얼마든지 앞길을 헤쳐 나갈 수 있다는 걸 보여 주지 못한 데에는, 우리 부모님과 마크레, 그리고 학교 탓도 있다는 걸 깨달았다. 그래서 마티 아저씨에게 그런 이야기까지 다 했는데, 이제까지 살아오면서 이렇게까지 내 삶에 대해서 말해 본 건 정말이지 처음이었다. 심지어 여왕님에게도 그런 적이 없었다.

마지막으로, 나는 가장 큰 두려움까지 털어놨다. 그게 뭐냐 하면, 비비안이 어쩌면 처음부터 아예 존재하지도 않았을 수 있다는 거였다. 비비안을 생각하면 할수록 나는 내가 비비안을 만들어 냈다는 확신이 들었

149

다. 솔직히 예전에도 나는 가령 하모니카 부는 고양이 같은 상상 속 친구들이 있었다. 교육청 소속 의사가 처음으로 학교로 나를 만나러 왔던 것도 바로 그 때문이었다.

마티 아저씨는 아주 특별한 사람이다. 그건 확실했다. 왜냐하면 그 순간 벙어리 아저씨가 그 큰 머리로 나를 한참 동안 쳐다보더니 이렇게 말했기 때문이다.

「네 여자친구, 파리에서 온 어린 여자아이 말이야, 난 그 앨 알아.」

언제였더라, 그러니까 내가 일고여덟 살, 어쩌면 아홉 살일 수도 있는데, 암튼 열 살이 채 되지 않았을 때, 어떤 가족이 우주선 비슷하게 생긴 자동차를 타고 우리 주유소에 들른 적이 있다. 심지어 아빠까지 밖으로 나와 부러운 눈으로 그 자동차를 구경했다. 차가 어찌나 크던지 내가 두 팔을 활짝 벌려도 양쪽 헤드라이트에 닿지 않을 정도였다.

미국 사람들이로군. 아빠는 말했다. 뷔크라고 하는 그 자동차는 근방에서는 본 적이 없는 차였다. 그 가족은 폴라로이드 사진기로 찍은 사진 한 장을 우리한테 남겼다. 그들이 떠난 뒤 나는 그 차에 타고 있던 사내 녀석 하나가 완전히 새것인 모형 인형이 담긴 상자를 잃어버리고 갔다는 걸 알았다. 상자엔 지 아이 조(GI Joe)

라고 적혀 있었는데, 그런 건 태어나서 처음 봤다.

나는 지 아이 조를 가지고 놀고 싶어 죽을 지경이었지만, 할머니한테 이미 지옥 이야기를 듣고 난 터라 그것이 내 것이 아니란 걸 너무도 잘 알고 있었으므로, 그 가족이 다시 찾으러 올 때를 대비해 그 상자를 창틀 가장자리에 세워 두었다. 아빠는 그런 나를 비웃었다. 그러면서 양키들은 다시 안 올 거고, 설사 온다 하더라도 아니라고, 그런 장난감은 못 봤다고 하면 될 거라고 말했다. 또 나는 앞으로 두 번 다시 그렇게 비싼 장난감을 접할 기회는 없을 테니 그냥 가지고 놀라고도 했다.

나는 그러지 않겠다고 우겼다. 상자는 그래서 내내 내 방 창가에 놓여 있었고, 지금도 계속 그 자리를 지키고 있다. 햇빛 때문에 상자는 이내 색이 바랬지만, 그 안에 들어 있는 군인 인형은 여전히 새것 그대로였다. 내가 잘 있는지 보기 위해 이따금 상자를 열어 본 게 전부니까. 마지막으로 그 군인을 꺼내 본 건 바로 주유소를 떠나던 날이었다. 내 방에서 그 군인을 조금 걷게 하기도 하고, 차렷 자세, 전투 자세, 무제한 사격을 시켜 보기도 했다. 나는 속으로, 이건 진짜로 갖고 노는 건 아니고, 그저 몸을 풀어 주는 정도라고 되뇌었다.

그런데 마티 아저씨 때문에 지 아이 조가 새삼 내 머릿속에 다시 떠올랐다. 아저씨는 말을 하는 법이 없었으니 목소리에 녹이 슬었을 법도 하건만, 아니었다. 아저씨의 목소리는 낡은 상자에서도 싱싱하게 뿜어져 나왔다. 처음 빛깔 그대로인 채 언제라도 행동에 들어갈 만반의 준비를 갖추고 있는 짱짱한 목소리. 냇물처럼 또렷한 그 목소리는 설마 백발 아래서 저런 소리가 나올 수 있을까 싶을 정도였고, 자갈 위를 흘러가는 물처럼 R자 발음을 굴렸다. 할머니 억양과도 비슷한 약간의 타지 억양도 느껴졌다. 비록 완전히 똑같지는 않지만.

너무 놀란 나머지 이번엔 내가 벙어리가 되었다. 왜냐하면 머릿속에서 너무 많은 일이 일어나는 바람에 그걸 어떻게 정리해야 할 지 통 감을 잡을 수가 없었기 때문이다. 어떻게 벙어리가 말을 한담, 아저씨가 비비안에 대해 아는 건 또 뭐고, 그 아이는 도대체 어디에 있는 거지 등등. 내 호흡이 가빠지기 시작하자, 아저씨는 내 어깨에 한 손을 올려놓으면서 묻지도 않은 질문들에 술술 대답을 했다.

그렇다고 해서 그 후 마티 아저씨가 장광설을 쏟아낸 건 아니었다. 그건 진짜 천만의 말씀. 아저씨는 가급

적 최소한의 단어로 말을 했으며, 공백이 있으면 어깨를 들썩이거나 눈살을 찌푸리고, 아니면 고개를 끄덕여가며 메웠다. 아저씨는 웅얼거림으로 〈응〉을, 그와 약간 다른 웅얼거림으로 〈아니〉를 표현했다. 마티 아저씨에따르면, 자기 고향에선 말을 하는 것 자체가 골치 아픈 일만 만들어 낼 뿐이라서, 아예 말하는 습관을 버렸다고 했다. 더구나 양치기는 사람 만날 일도 없으니. 사람들이 만일 자기한테 말을 필요로 하는 질문을 던졌다면 기꺼이 대답을 했을 테지만, 이제껏 아저씨에게 질문을 하는 사람이라곤 전혀 없었다. 그래서 아저씨는 대부분의 시간을 벙어리로 지낸다는 거였다.

나도 동의했다. 그건 내가 주유소에 있을 때하고도 약간 비슷했다. 차이가 있다면, 나는 벙어리가 되는 대신에 장난감들과 이야기를 하거나 아니면 말을 되는 대로 입 밖으로 내뱉는다는 데 있었다. 그래야 내 안에 말이 쌓여 있지 않으니까.

마티 아저씨는 비비안을 알고 있었다. 아저씨는 양떼를 몰고 비비안네 집 앞을 지나다닐 때 이따금 그 아이와 마주치곤 했다. 비비안의 부모님은 낡은 집 한 채를 구입해서 그걸 수리했다. 비비안네 가족은 매년 여름 휴가철이면 파리에서 내려와 여름이 끝날 때까지 그곳에서 머물다 갔다.

갑자기 의심이 들어, 마티 아저씨에게 아직 여름이 많이 남았는지 묻자 오늘이 7월 13일이니 혼자 계산해 보라고 답했다. 나는 잘 알았다는 투로 고개를 끄덕이면서 아니면 말고 식으로 아직 많이 남은 편이겠네 하고 되는 대로 말했다. 그러면서 말꼬리의 의문 부호는 되도록 알아차리지 못하도록 얼버무리려 했다. 하지만 나의 의도와는 달리, 내 입에서는 두려움에 가득 찬 확실한 의문문이 튀어나왔다. 마티 아저씨가 〈그런 셈이지〉를 뜻하는 웅얼거림으로 대답을 해줘서 그나마 걱정의 무게를 덜었다. 아직 여름이 남아 있다면, 그건 비비안이 아직 떠나지 않았다는 뜻이고, 그 아이가 아직 떠나지 않았다면, 우리는 다시 만날 수 있다는 뜻이니까. 그렇지 않고 여름이 끝났다면, 그럴 수 없을 테지만.

나는 마티 아저씨에게 지금 즉시 비비안네로 데려다 달라고 사정했다. 그 아이가 나와 같은 고원에 있다는 사실을 아는 것만으로도 미칠 것만 같아서 당장 비비안을 보고 싶었고, 왜 나를, 그 아이의 절친한 친구인 나를 잊었는지 물어보고 싶었다. 마티 아저씨는 빙긋 웃기만

155

했다. 그러면서 비비안네 집까지 가려면 꽤 걸어야 하니 내일까지 기다려 보자고 했다.

그 말은 이제껏 들어 본 말 중에 가장 멍청한 말이었지만, 무례해 보일까 봐 차마 입 밖에 내지는 않았다.

양치기 마티 아저씨가 일어나 움막에 들어가더니 상표가 붙어 있지 않은 병 하나와 작은 유리잔 하나를 들고 왔다. 그러곤 문턱에 앉아 잔을 채우더니 나에게 내밀었다. 술 냄새가 나기에 나는 술을 마시면 안 된다고 대답했다. 언젠가 몰래 맥주를 들이켠 적이 있는데, 그날 나는 멍청한 짓을 평소보다 훨씬 더 많이 저질렀다. 아저씨는 어깨를 으쓱하더니, 단숨에 잔을 비우고는 혀가 입천장에 닿는 소리를 냈다. 마티 아저씨의 독주에서는 비 온 후의 풀밭 냄새, 젖은 꽃 냄새가 났는데, 거기엔 소나기가 아직 완전히 끝난 건 아니라는 씁쓸함도 약간 배어 있었다.

해가 고원 반대편으로 넘어가자, 눈 깜짝할 사이에 밤이 되었다. 나는 고단했다. 너무 늦게 자면 아침에 일어날 때 찌뿌둥하기 마련인데, 내일은 중요한 날이었다. 나는 두 팔로 마티 아저씨를 와락 껴안았는데, 그 때문에 아저씨가 놀란 기색을 보였고, 아저씨가 그런 태도를 보이자 결국 나도 놀라고 말았다. 마티 아저씨는 그런 자세로, 바보처럼 두 팔을 약간 벌린 어정쩡한 자세로 가만히 있었다. 집 안으로 들어올 때, 마티 아저씨가 또 술 한 잔을 단숨에 비우는 게 보였다.

그날 밤 나는 악몽을 꾸었다. 그럴 때면 아빠가 달려와 흔들어 깨워 나의 비명 소리를 잠재웠는데, 왜냐하면 시끄러워서 아빠가 잠을 잘 수 없기 때문이었다. 그보다 더 심각한 악몽일 경우라면, 그러니까 내가 자면서도 엉엉 우는 경우라면, 엄마가 나를 달래 주곤 했다.

땀범벅이 되어 잠에서 깼을 때, 새벽빛은 마티 아저씨가 거실 한쪽에 마련해 준 내 침대 맞은편 벽을 스멀스멀 기어오르는 중이었다. 무슨 꿈을 꿨는지는 정확하게 기억이 나지 않았지만, 암튼 나는 엄마가 보고 싶었고, 그래서 엄마를 상상했다. 상상 속 엄마를 꼭 끌어안고서 날이 밝기만을 기다렸다. 날이 완전히 밝은 다음에도 나는 기다렸다. 환한 빛이 괴물들을 완전히 쫓아냈다는 걸 확인할 때까지 그 정도의 시간은 필요하니까.

하지만 괴물들이 무서운 건, 그놈들은 항상 우리가 전혀 생각지도 않은 곳에 몸을 숨긴다는 점이다.

마침내 자리를 박차고 일어났을 땐 아무 소리도 들리지 않았다. 마티 아저씨는 여전히 자고 있었다. 집을 벗어나 아침 공기 속으로 들어갔다. 고원은 반짝였고, 나는 힘이 불끈 솟았다. 샘터까지 걸어갔는데, 노릿한 양 냄새가 집 뒤편에 올망졸망 자리 잡은 작은 양 우리들에서 풍겨 나왔다. 나는 옷을 다 벗고 물속으로 첨벙 머리를 들이밀었다.

물이 어찌나 차가운지 마치 망치로 머리를 맞은 것 같아 뒤로 펄쩍 뛰며 아침의 정적 속에서 비명을 질렀다. 추위 때문에 목소리도 생각도 다 달아나 버렸다. 이윽고 나는 다시 물 쪽으로 돌아갔고, 이번엔 온몸을 다 물에 담갔다. 새파랗게 질린 채 숨조차 쉴 수 없었다. 이토록 기분이 상쾌했던 적은 거의 없었다. 옷을 하나씩 하나씩 차례로 빤 다음, 풀밭에서 점점 뒷걸음질 치고 있는 낮과 밤의 경계선까지 달려갔다. 이제 막 떠오른, 가장 아름다운 햇살에 빨래를 널었다. 햇살은 아직 너무 나지막하게 머물러 있어서 어디로도 튀어 오르지 않았고, 조금 후면 햇살을 뿌옇게 더럽힐 먼지 알갱이 하나도 지금은 용납하지 않았다. 점퍼 옆에 사지를 뻗고 누웠다. 점퍼도 나도 양팔을 십자로 벌린 자세였다. 나는 기쁨에 몸을 떨었다.

오늘, 비비안을 보러 간다.

하지만 곧 마티 아저씨의 움막으로 돌아오지 않을 수 없었다. 너무 추워서 고추가 거의 몸속으로 움츠러드는 바람에 이러다가 아예 사라지면 어떡하나 싶어 자꾸 잡아당겨야 했다. 간신히 팬티만 걸쳤다. 왜냐하면 보송보송하게 마른 옷이라고는 없었으니까. 마티 아저씨는 내내 자고 있었으므로 나는 아저씨의 방 안을 둘러보았다.

그날 아침, 떠오르는 아침 햇빛으로 노랗게 물든 마티 아저씨의 방에서 나는 중요한 사실 한 가지를 깨달았다. 나는 이상하고, 정상이 아니고, 문제투성이다. 좋다, 그야 뭐 그렇다 치자. 모든 사람이 틈만 나면 그렇게

들 말하니까. 하지만 따지고 보면 다른 사람들도 모두 나와 마찬가지였다. 모든 사람에게는 자기만의 말로키오, 자기만의 악몽과 자기만의 마크레가 있다. 그저 거기에 다른 이름을 붙였을 뿐이다.

마티 아저씨는 누워 있었지만 두 눈은 뜬 채 나직하게 웅얼대고 있었다. 빈 병 하나가 침대 아래로 삐죽 튀어나와 있었고, 상한 버터 냄새가 내 코를 찔렀다. 나는 바깥으로 뛰어나가려다 아저씨가 나에겐 꼭 필요한 사람이라는 생각이 났다. 나는 마티 아저씨를 흔들고, 잡아당기면서, 비비안 집에 데려다 주겠다고 했던 약속을 일깨웠지만, 아저씨는 끙끙거리면서 천장만 쳐다봤다. 나는 비비안이 어디 사는지 물었다. 어쩌면 나 혼자서라도 찾아갈 수 있을 테니까. 그러자 아저씨의 입술이 씰룩거렸다. 나는 마티 아저씨 쪽으로 몸을 수그렸지만, 아저씨는 그저 〈양들, 양들……〉이라고만 반복했다.

처음엔 화부터 났다. 그러다가 마티 아저씨는 날 보살펴 주고 나한테 아무것도 요구하지 않았다는 사실을 떠올렸다. 그래서 나는 비비안을 그만 생각하기로 했다. 그러니까 적어도 그렇게 하는 시늉이라도 했다. 나는 개수대에 굴러다니는 후줄근한 회색 행주를 집어,

아빠나 내가 열이 있을 때 엄마가 그랬던 것처럼, 마티 아저씨의 얼굴을 닦아 주었다. 잠시 후 아저씨가 자리에서 일어나더니 바닥에 토하기 시작했다. 우물쭈물 눈치 볼 겨를도 없었다. 나도 곧 토하기 시작했다. 우리는 둘 다 보통 탈이 난 게 아니었고, 정말이지 볼썽사나웠다.

오후가 되어 마티 아저씨가 잠에서 깨더니 나에게 양 떼를 돌봐 달라고 부탁했다. 아저씨는 자기 개가 나를 도와줄 거라고 하고는 이내 다시 잠이 들었다. 양 떼를 보러 집 뒤편으로 간 나는 바보처럼 양팔을 축 늘어뜨린 채 그냥 우두커니 서 있었다. 아무도 나한테 양 떼 돌보는 법을 가르쳐 주지 않았다. 내가 맡은 임무는 기름을 가득 채우는 일이었는데, 그마저도 하루아침에 허락이 떨어진 게 아니었다. 몇 달 동안 아빠가 하는 걸 지켜봐야 했고, 아빠의 신임을 얻어야 했다. 양들은 저마다 나를 곁눈질하면서 뭔가를 해주기를 기다리는 기색이었지만, 난 그 뭔가가 뭔지 알지 못했고, 따라서 그 녀석들을 실망시킬까 봐 몹시 불안했다. 왜냐하면 어떤 의미에서는 양들도 주유소에 오는 손님 같았으니까. 나에겐 마땅히 해줘야 할 책임이 있으니 말이다.

일단 그 녀석들에게 물은 있었다. 샘터와 연결된 도랑에서 물이 직접 흘러왔기 때문이다. 양들이 어쩌면 몸을 풀고 싶어 할 거라는 생각이 들어서 우리 중 한 곳의 빗장을 열었다. 그러자 녀석들은 모조리 메에 하고 울며 우리를 벗어나더니 산 쪽으로 향했다. 나는 양 떼를 뒤따라 달렸지만 한 마리도 붙잡지 못했다. 기운이 다 빠진 나는 풀밭에 고꾸라졌다. 그것들, 스웨터라도 입은 것처럼 두꺼운 털에 감싸인 양들이 그렇게 빨리 뛰리라고는 미처 생각하지 못했다.

그제야 내가 내내 팬티 바람이었다는 걸 깨달았다. 창피해서 얼굴이 벌겋게 달아올랐다. 다행히 보는 사람이라고는 아무도 없었다. 얼른 옷을 챙겨 입은 다음 풀밭에 앉아 머릿속으로 마티 아저씨한테 할 말을 궁리했다. 아저씨의 양 떼 절반을 도망치게 했는데, 이제 해마저 기울어졌다. 이제 아저씨도 나를 신뢰하면 어떤 일이 생기는지 확실히 알았을 테지. 내가 만일 마티 아저씨한테 기름 넣는 일을 부탁했는데, 아저씨가 산지사방에 기름을 쏟는다면, 누가 야단을 맞아야 마땅할까? 그야 당연히 나다. 그러니 내 경우도 마찬가지다. 입장만 바뀌었을 뿐.

양 한 마리 값이 얼마나 될지 헤아려 봤다. 5프랑? 10프랑? 제발 마티 아저씨가 나더러 그 돈을 물어내라고나 하지만 않으면 좋겠는데. 나는 가진 돈 전부를 주유소 저금통에 놔두고 왔다는 생각이 났다. 전쟁터에 나가는 마당에 돈 따위는 필요하지 않으리라 여겼기 때문이다.

그 순간 마티 아저씨의 개가 집 밖으로 나오더니 풀밭을 향해 몇 걸음 나아갔다. 녀석이 세 차례 컹컹 짖자 양들이 모두 모여들었다. 양들은 군소리 없이 얌전히 울타리 안으로 들어갔다. 결국 개가 나보다 더 똑똑하다는 걸 인정할 수밖에 없다 하더라도, 크게 한숨을 돌렸다.

내가 집으로 돌아왔을 때 창문은 모두 열려 있었고, 마티 아저씨는 선 채로 부엌 개수대에서 냄비 바닥을 거울 삼아 들여다보면서 면도를 하는 중이었다. 턱수염을 말끔하게 밀고 나니 마티 아저씨는 훨씬 덜 늙어 보였다. 아저씨는 나를 쳐다보지도 않은 채 그저 양 떼와 별일 없었는지 그 한 가지만 물었다. 나는 〈무사히〉라고 대답했고, 아저씨는 내일 비비안에게 데려다주겠다고 했다. 그리고 우리는 그날 있었던 일에 대해서는 아무 말도 하지 않았다.

　밤이 되자 대포 소리 같은 소리가 울려 퍼졌다. 창유
리를 뒤흔들 만큼 굉장한 소리였는데, 움막에 창유리라
고는 없었다. 계곡에서 7월 14일을 경축하는 불꽃놀이
를 하는 소리라고 마티 아저씨가 가르쳐 주었다. 고원
에서 불꽃은 보이지 않고 소리만 들렸다. 그래서 우리
는 문턱에 앉아 두 눈을 감고서 나머지 것들을 상상
했다.

마티 아저씨가 이제 거의 다 왔다고 했을 때, 나는 더 이상 가기를 거절했다. 이제 막 해가 떠올랐을 무렵, 우리는 벌써 마티 아저씨네 집 뒤편으로 이어지는 목초지를 가로질렀고, 돌무더기로 이어지는 산자락을 우회했다. 마티 아저씨는 작은 소나무 총림을 가리키며 이렇게 말했다. 「네 여자친구는 바로 저 뒤에 살아.」

별안간, 나한테는 너무 무리였는지, 나는 길가 자갈밭에 털썩 쭈그려 앉았다. 그러곤 양손으로 귀를 틀어막았는데, 왜냐하면 내 안에서 너무나 많은 목소리가 제각각 서로 다른 이야기를 너무나 많이 쏟아 냈기 때문이다. 어쩌면 비비안은 더 이상 나를 보려 하지 않을 수도 있고, 나를 너무 멍청하다고 여길 수도 있을 것이며, 아마 편지에도, 비록 표현은 점잖아도 그런 내용을 썼을 수 있다. 학교에서도 벌써 그런 일이 여러 번 있었다. 학기 초에 새로 온 친구들이 나한테 왔다가 내가 입을 여는 즉시 묘한 표정을 짓고는 1년 내내 쉬는 시간이면 나를 피하곤 했다.

나는 마티 아저씨에게 혼자 먼저 가보면 안 되느냐고 부탁했다. 비비안이 날 보길 원한다면 아저씨에게 그렇게 말만 하면 될 것이고, 반대로 원하지 않는다면, 그때도 아저씨에게 그렇게 이야기하면 될 터였다. 마티 아저씨는 자기가 〈촌놈〉의 하녀가 된 기분이라고 구시렁거렸다. 내가 무슨 뜻인지 영문을 몰라 마티 아저씨의 얼굴을 쳐다보자, 아저씨는 왕방울만 한 파란 눈을 데굴데굴 굴리면서 소나무 숲 뒤로 사라졌다.

무릎을 꿇고 앉아 몸을 건들건들하고 있자니 시간이 굉장히 오래 걸리는 것 같았다. 나는 마티 아저씨가 빨리 돌아오라고 소나무 숲을 뚫어져라 쳐다봤는데, 마침내 성공을 거두었다. 아저씨의 거대한 형체가 나타난 것이다. 멀리서 봐도 마티 아저씨는 장대했다. 걸음걸이도 좀 별났다. 아저씨는 걸을 때 우선 한 발을 앞으로 내미는데, 그러면 몸은 그제야 알았다는 듯이 내민 발을 황급히 따라잡으려 허둥대는 것처럼 보였다. 나야 마티 아저씨의 우스꽝스러운 걸음걸이는 아무려나 상관없었고, 다만 좀 더 빨리 걸어와 주기만 바랄 뿐이었다.

드디어 마티 아저씨가 내 앞까지 왔다. 아저씨는 호주머니에 두 손을 찔러 넣더니 고원의 트인 쪽으로 몸을 돌려 말도 없이 그쪽만 뚫어져라 바라보았다. 이따금 마티 아저씨는 자기가 누군지, 자기가 어디 있고, 또 다른 사람들은 대체 어디 있는지 등등 모든 걸 다 잊어버린 듯한 느낌을 풍기곤 했다. 심지어 내가 봐도 좀 이상할 정도니 말 다했다. 동네 노인들의 말대로 기이하면서 신비한 〈실렌치〉 마티 아저씨.

〈그래서?〉라고 묻고 싶어 죽을 지경이었지만, 그건 나쁜 소식을 불러오는 종류의 질문이라는 걸 나는 일찍부터 알았다. 「그래서 교장 선생님은 네가 더 이상 학교에 다닐 수 없다고 말했어. 그래서 네 할머니는 너를 무척 사랑하지만 이제는 세상을 떠나셨지. 그래서 대답은 〈아니야〉가 맞아, 산타 할아버지는 존재하지 않아.」 나는 이런 식으로 〈그래서〉란 말을 한 보따리는 더 댈 수 있다.

마티 아저씨가 여전히 아무 말이 없었으므로, 나는

할 수 없이 내 커다란 입을 벌리고 이 말을 뱉어 낼 수밖에 없었다.

「그래서?」

「그래서 그 사람들은 떠났어.」

나는 이미 알고 있었다. 차라리 입을 다물고 있는 편이 더 나았을 텐데, 난 정말 멍텅구리였다. 머리카락을 어찌나 세게 쥐어뜯었는지 머리가 얼얼했다.

집은 닫혀 있어. 마티 아저씨가 뭐라고 계속 중얼댔지만 나는 이미 아저씨가 중얼대는 말을 듣지 않았다. 내 눈으로 직접 보려는 마음에서 마구 달렸다. 비비안 여왕님이 사는 성은 숲 바로 뒤편이었다. 물론 그건 월석으로 장식한 샹들리에가 달린, 방이 1천 개나 되는 성은 아니었고, 돌로 지은 낡은 양 우리 위에 목재로 새로 2층을 얹은 작은 집이었다. 나는 비비안이 자기가 사는 성 이야기를 했을 때 하나도 믿지 않았지만, 실제로 와서 보니 조금 실망하지 않을 수 없었다. 하지만 그런 감정은 잠시뿐이었다. 왜냐하면 중요한 건 집이 닫혀 있다는 사실이기 때문이었다. 나는 뭔가를 믿기 위해선 반드시 눈으로 보아야 하는 사람이었다. 교리 문답 시간에 배운 성자처럼 말이다. 그 성자는 부활한 예수님의 존재를 믿지 못해 상처에 손가락을 대봤다는데, 나는 신부님으로부터 이 말을 들었을 때 교실에서 토하기까지 했다.

비비안은 떠났다. 비비안은 우리의 놀이며 웃음, 멋들어진 거짓말, 심지어 영원히 나와 함께 있겠다느니 어쩌느니 하는, 내가 제일 싫어하는 그런 거짓말까지, 송두리째 다 가져가 버렸다.

나는 어떻게 마티 아저씨 움막으로 돌아왔는지는 기억하지 못하지만, 불행할 때면 늘 그랬던 것처럼 무척이나 오래 잤다는 건 알고 있다. 마티 아저씨는 아무 말도 하지 않았다. 마치 내가 자기 곁에 없기라도 한 듯 평소처럼 양 떼를 돌봤다. 그런데 한편으로는 그렇기 때문에 집 생각이 났는데, 그 편이 나한테는 오히려 나았다.

마침내 나는 자리에서 일어났다. 마티 아저씨 집에는 달력이 있었다. 나는 마티 아저씨에게 오늘이 며칠인지, 내 생일은 얼마나 남았는지, 그리고 아저씨가 나를 발견한 날은 언제였는지 달력에서 짚어 봐 달라고 부탁했고, 그런 식으로 내가 주유소를 떠난 이후의 시간을 재구성

해 보려고 했다. 물론 난 하루, 일주일, 또는 한 달이 뭔지는 알고 있다. 어려운 건 〈오랫동안〉이나 〈곧〉처럼 막연한 단어들이었다. 나는 내가 6월 중순에 고원에 도착했다는 걸 깨달았다. 왜냐하면 그때가 내 생일 두 달 전이라고 비비안이 말했기 때문이다. 오늘은 7월 17일이라는데, 그러면 그건 〈오래전〉에 있었던 일인가? 또 내 생일은 8월 26일인데, 얼마 남지 않은 건가, 많이 남은 건가? 내가 마티 아저씨에게 이런 질문을 하자, 아저씨는 그건 내 조바심에 달렸다고 대답했다. 나한테는 그 대답이 훨씬 더 아리송했다. 당연히 시간이란 것이 나 자신의 태도에 달린 문제라고 해도, 우리는 아직 그 문제에서 벗어날 준비가 되어 있지 않으니 말이다.

나는 그럼에도 이 악마 같은 시간을 재는 나만의 방법을 생각해 냈다. 그게 뭐냐면, 우리 아빠가 일하는 정비소의 달력과 비슷한 마티 아저씨네 달력(오렌지색 수영복을 입은 여자 사진만 없을 뿐 나머지는 똑같았다)에서 매달 초순과 중순 사이의 너비가 손을 쫙 펼쳤을 때의 길이, 즉 엄지손가락에서 새끼손가락까지 딱 한 뼘이 된다는 거에서 착안했다. 그러니까 한 달 전체는 두 뼘 너비였다. 내가 주유소를 떠난 건 한 뼘하고 손가락 세 개 전이었다. 비로소 시간이 계산되기 시작했다. 앞으로 내 생일날까지는 두 뼘과 손가락 하나가 남았다. 그러니 확실했다. 내 생일날은 아직 멀었다. 너무 멀어서 공상 과학 소설이나 마찬가지였다.

나에게는 몇 가지 선택지가 있었다. 그냥 그곳을 떠나 전쟁터를 찾아 나서거나, 아니면 어딘가에서 너무 어렵지 않은 일자리를 찾아보면 될 터였다.

하지만 나는 어쩌면 비비안이 다시 올 수도 있다는 생각에 기다리기로 마음먹었다. 마티 아저씨는 아무것도 몰랐다. 비비안 가족은 여름에만 왔는데, 이렇게 여름이 끝나기도 전에 가버린 건 처음이었다. 마티 아저씨는 나한테 집이 잠겨 있으며, 그건 절대 좋은 징조가 아니라는 걸 납득시키려고 무진 애를 썼지만, 그 말을 듣고 싶지 않았다. 내가 내린 결정이 더 나을 테니까.

나는 마티 아저씨에게 날 재워 주고 먹여 주면 일손을 보태겠다고 제안했다. 아저씨는 내가 양을 접해 본 경험이 있는지 알고 싶어 했다. 내가 최근 들어 제일 가까이서 본 양이라곤 아기 예수님 탄생 연극 때 마르탱 발리니가 연기한 양이었지만, 나는 거짓말을 하기로, 나만큼 양에 대해 잘 아는 사람도 없을 거고, 양들도 나를 속속들이 잘 알고 있다고 둘러대기로 마음먹었다. 다만 문제는 내가 능숙한 거짓말쟁이가 아니라서, 거짓말을 하려고 해도 뭔가에 꽉 막혀서 버벅거린다는 거였다. 아무리 말을 하려고 해도 말이 나오지 않았다. 마티 아저씨는 내가 곧 흥분 상태에 빠지리라는 걸 눈치채고는, 나한테 양의 앞과 뒤를 분간할 줄 아는지 물었다. 그거라면야 물론 알고 있었다! 마티 아저씨는 내 어깨를 두 번 툭툭 치더니 말했다.

「좋아, 넌 합격이야.」

나는 마티 아저씨가 그리 손해 보는 결정을 내렸다고
는 생각하지 않는다. 왜냐하면 나는 큰 실수 없이 양들
을 돌봤고, 그래서 아저씨가 점점 더 중요한 일들, 예를
들어 습진이 있는 놈들은 없는지, 발굽 상태는 이상이
없는지 확인하는 일처럼 어려운 일들을 나한테 맡겼기
때문이다. 이런 일들을 소홀히 하면 자칫 양 떼 전체가
위험에 빠질 수도 있는데, 이 계절은 하필 아저씨가 연
중 제일 많은 가축을 돌보는 때였다. 왜냐하면 들판의
축산 농가까지 아저씨에게 자기네 양들을 맡기기 때문
이었다.

솔직히 말하면 주유소에서 기름을 가득 채우는 일에
는 비할 바가 못 됐지만, 나는 더 이상 그 생각은 하지
않기로 작정했다. 마티 아저씨는 집에서 제일 멀리 떨

어진 움막에서 치즈도 만들었는데, 맛이 좋았다. 너무 맛있어서 나는 가끔씩 몰래 한 덩어리를 다 먹어 치우기도 했다. 그런 다음 먹어 버린 게 탄로 나지 않도록 새로 가지런히 치즈 줄을 맞추어 놓았다.

마티 아저씨와 나는 협약을 맺었다. 뭐냐 하면, 저녁에 양들이 축사로 돌아오고 나면 저녁 식사 때까지 나는 자유 시간을 가질 수 있다는 거였다. 그래서 달음박질로 목초지를 가로질러 비비안네 집까지 가보곤 했다. 달려가는 동안, 만일 그 집 덧창들이 열려 있으면 어떻게 처신해야 할지, 무슨 말을 해야 할지 상상했다. 비비안과 포옹을 해야 하는지, 악수를 해야 하는지, 아니면 그 두 가지를 어설프게 섞어서 해야 하는지. 지난겨울 아빠의 여동생인 실베트 고모가 처음 우리 집에 왔을 때도 그러느라 무척 어색했는데, 암튼 그런 생각을 하다 보면 걱정이 앞섰다.

집을 찾는 건 문제도 아니었다. 비비안네 집은 여전히 닫혀 있었다. 나는 최대한 오랫동안, 마지막 순간까지, 그 집 앞에 머물렀다. 식사 시간에 늦으면 마티 아저씨가 싫어한다는 걸 나는 잘 알고 있었다. 비록 우리가 저녁 식사 때 아무 말도 없이 밥만 먹긴 하더라도 말이

다. 그 집 앞에서 속으로 생각했다. 비비안네 식구들은
아마 이제 막 계곡으로 들어섰을 거야, 그러니 올라오
기만 하면 될 거야, 분명 주유소에 잠깐 멈춰 섰을 거야,
트럭에 가로막혀 꼼짝 못 하고 있을지도 모르지, 이제
도로 위에 먼지가 일겠지, 정말로 확실해, 이제 곧 비비
안네 식구들이 도착할 거라니까, 몇 초만 기다리면 되
는 거라고. 나는 열까지 센다. 하나, 둘, 셋, 콜히쿰,[12] 파
란색, 하얀색, 빨간색,[13] A, B, C, D, 다섯, 여섯, 아, 그
다음 숫자를 잊어버렸네, 하나, 둘, 셋……

　비비안네 식구들은 오지 않았다. 이튿날 또 비비안
집을 찾았다. 눈에 있는 대로 힘을 주고 그 집을 바라보
았다. 내가 레이저 눈으로 벽을 투과해서 볼 수 있는 슈
퍼맨이라고 상상했다. 어느 덧창이 비비안 방의 덧창인
지 알고 싶었다. 2층, 숲과 마주 보는 쪽일 거라고 내 멋
대로 정해 버렸다. 그래서 레이저 광선을 내뿜으며, 그
방을 온통 크리스마스 광고 전단에 나오는 여자아이용
분홍색 물건들로 치장했다.

　여러 날이 지나갔고, 나는 시간의 흐름을 놓치지 않

---

12 식물의 일종.
13 프랑스 국기인 삼색기의 색깔.

으려고 그날들을 달력에 꼼꼼히 기록했다. 시간이 흘러 어느덧 7월 29일이 되었고, 그날은, 비록 나중 일이긴 하지만, 내가 떠날 때가 되었다는 걸 알게 해준 두 가지 실수 중 첫 번째 실수를 저지른 날이었다.

숫자 29 밑에는 속이 빈 작은 동그라미가 그려져 있었는데, 그건 초승달을 뜻하는 거였다. 할머니가 유리창 너머로 초승달을 쳐다보면 불행이 닥친다고 해서 나는 그런 날이면 불행한 사고가 일어나지 않게끔 주유소 덧창들을 모조리 닫아걸곤 했다. 내가 앞서 마티 아저씨네 집에는 유리창이 없다고 했는데, 그건 맞는 말이었다. 창문은 모두 나무 덧창으로 닫도록 되어 있었고, 오직 집 뒤편으로 난 작은 공간, 늘 비어 있는 그 방만 예외였다. 거기엔 덧창도 없고 달랑 더러운 쪽 유리 하나뿐이었다. 내가 날 알아서 하는 이야긴데, 나는 그 쪽 유리에 끌릴 거고, 또 그러면 어쩔 수 없이, 아니, 그러면 안 된다는 걸 알기 때문에 더더욱 유리창 너머로 달을 쳐다볼 수밖에 없으리라. 그래서 마티 아저씨가 집을 비운 사이에 내가 할 수 있는 유일한 일을 했다. 그 유리창을 깨뜨린 것이다. 집에 돌아온 마티 아저씨는 바깥공기가 들이치는 바람에 그 구석방 유리창이 깨졌다는 걸 이내 알아차렸지만, 나는 도대체 무슨 영문인지 모르는 척했다. 아저씨는 날 이상하게 힐끗 쳐다봤는데, 보아하니 내 거짓말 솜씨가 제법 는 모양이었다. 왜냐하면 거기에 대해선 더 이상 아무 말도 하지 않았기 때문이다. 우리 두 사람은 판지를 잘라 깨진 유리창 대신 끼웠다. 그런 다음, 법랑을 입힌 쇠 접시에 담긴 수프를 먹었고, 그러고 나서 난 여느 때처럼 샘터에 가서 설거지를 하고는 잠자리에 들었다. 편안하게 잠들 수 있었다. 이거나 먹어라, 못된 말코이오야.

마티 아저씨가 내가 지내던 움막으로 가는 길을 가리키기에 나는 찢어 버린 비비안의 편지를 가지러 그리로 뛰어갔다. 하지만 갈기갈기 찢어진 편지 조각은 거의 남아 있지 않았다. 그래도 그 후로 시간이 날 때면 여러 차례 그곳에 가보곤 했는데, 혹시 거기서부터 출발하면 동굴을 찾을 수 있지 않을까 하는 마음에서였다. 혼자서 제자리에서 맴을 돌고는 아무 방향이나 한군데 잡아걸으면서, 너무 멀리 가지 않으려고 조심했다. 길을 잃으면 안 되니 말이다. 비비안은 아주 영리했다. 왜냐하면 나는 동굴을 도저히 찾을 수 없었기 때문이다.

8월로 접어들었다. 고원은 열기로 지글지글 끓었지

만, 그래도 항상 어디선가 조금은 시원한 바람이 불어와 뜨거운 대기와 풀밭 사이의 비좁은 공간을 파고들면서 땀을 식혀 줬다. 어느 날 아침 나는 처음과 똑같은 상태의 마티 아저씨를 보았다. 바닥에 빈 병이 굴러다니는 것도 똑같았고, 아저씨가 침대에 누워 신음하는 것도 똑같았다. 그날 마티 아저씨의 개와 나는 대장이 없어도 대장처럼 알아서 행동했다. 개 이름은 알바였는데, 우리는 그사이에 친한 친구가 되었다. 집으로 돌아오니 마티 아저씨는 냄비를 보면서 면도하는 중이었고, 이튿날이 되자 아무 일도 없었다는 듯 모든 것이 잊혔다.

나는 사튀르냉이 죽은 이후 그토록 슬펐던 적은 없었다. 사튀르냉이 차에 치어 죽었을 때 엄마는 나를 꼭 안고 달래 주면서 시간이 지나면 괜찮아질 거라고 했다. 그때는 그 말을 도저히 믿을 수 없었다. 시간에 대해서도 아는 게 없는데, 그 시간이라는 것이 어떻게 슬픔을 사라지게 할 수 있다는 건지, 내 참. 그런데 그 말은 사실이었다. 얼마 후 잠이 깼을 때 나는 덜 슬펐고, 조금씩 조금씩 나쁜 꿈도 꾸지 않게 되었다. 깃털로 뒤덮인 자동차, 깃털이 어찌나 많은지 무슨 색인지도 알아볼 수 없는 그런 차가 나한테 기름을 가득 넣어 달라고 하는 끔찍한 꿈이었다.

나는 속으로, 어쩌면 비비안하고도 마찬가지일 거라고, 그 아이 집에 자꾸 가서 그때마다 덧창이 닫혀 있는 걸 보다 보면 그 아이가 덜 보고 싶어질 거라고 생각했다. 그런데 차이가 있다면, 실제로는 비비안을 보고 싶어 하는 마음이 사라지길 원치 않는다는 데 있었다. 나는 그 아이를 보고 싶은 마음에 단단히 매달렸고, 그런 까닭에 시간이 약이란 말은 제대로 작동하지 않았다.

어느 날 저녁, 좀체 입을 여는 법이 없는 마티 아저씨가 모처럼 나에게 비비안의 무엇이 그리 특별하냐고 물었다. 나는 그저 어깨만 들썩였다. 비비안하고 함께 있으면 아무것도 무섭지 않았다. 내 삶을 보다 수월하게 만들어 주는 기분 좋은 느낌이 들었다. 이런 감정을 말로 표현하자니 복잡하기 이를 데 없었다.

내가 두 번째로 멍청한 실수를 저지른 건 8월 17일, 그러니까 매해 여름의 딱 중간이면 으레 찾아오는, 그 거센 비바람이 불고 난 다음 날이었다. 비가 열기와 먼지를 한바탕 씻어 내고 나면, 저녁엔 제법 선선해졌고, 그렇게 서서히 가을을 향해 달리는 것이었다. 마티 아저씨와 나는 집 뒤편의 목초지를 쉬게 하느라 축사에서 좀 더 멀리 떨어진 새로운 목초지로 양 떼를 몰았다. 그러던 중에 자동차 소리가 들렸고, 나는 여느 때처럼 재빨리 도로변 경사지 뒤편으로 몸을 숨겼다. 왜냐하면 사람들이 여전히 나를 찾고 있는지 어쩐지 몰랐기 때문이다. 우리에게 다가오던 차는 마티 아저씨가 양 떼를 길에서 먼 쪽으로 몰아가는 동안 잠시 멈춰 섰다. 한동안 엔진 소리가 나지 않자 나는 다시 몸을 일으켰다.

자동차는 움직이지 않고 멈춰 있을 따름이었다. 마티 아저씨가 입으로는 〈아!〉 소리를 내고 지팡이로는 털이 수북한 양들 엉덩이를 때려 가면서 자동차가 지나갈 수 있도록 통로를 내는 동안, 운전사가 시동을 꺼버린 거였다. 차에는 모두 네 사람이 타고 있었는데, 내가 있는 쪽 뒷좌석에 앉은 사람이 뒤를 돌아다보며 내 눈을 똑바로 쳐다봤다.

마크레였다. 우리는 서로를 응시했고, 나는 숨조차 제대로 쉴 수 없었다. 이윽고 마크레가 고개를 돌렸다.

그 녀석은 날 알아보지 못했다. 내가 학교에 가지 않게 된 이래 서로 다시 만난 적도 없고, 더구나 그 나이 땐 하루가 다르게 달라지니 그럴 만도 했다. 그뿐만 아니라 그때 나는 양 떼 뒤를 쫓아가느라 온통 먼지투성이인 데다 머리도 엉망이었다. 그래도 그 녀석은 여전히 그 녀석이었고 나도 마찬가지였다. 결국, 마크레 녀석한테 나는 학교 밖에선 존재조차 하지 않는 모양이라고 속으로 생각했다. 그러자 자타가 공인하는 내 적인 그 녀석이 교실 중앙 오른편의 내 자리가 아닌 다른 곳에서는 나를 못 알아보다니 내가 완전히 무가치한 인간이 된 듯한 느낌이 들었다. 나는 녀석한테 두들겨 맞기만 했고, 한쪽 눈가에 시커먼 멍이 들어 집에 돌아왔을 때 아빠는 나를 계집애 취급하며 네 속엔 피가 아니라 뇨키[14]가 흐른다고, 더구나 아무것도 아닌 일로 얻어맞고 다닌다고 노발대발했다.

미칠 듯이 화가 치밀었다. 그때 무슨 생각이 들었는지는 지금도 통 모르겠는데, 암튼 경사지 뒤에서 고함을 지르며 튀어나온 나는 전속력으로 달려가 있는 힘껏 자동차 유리창을 마구 두드렸다. 운전대를 잡고 있던 사람이 당장 차에서 내렸는데, 늙긴 했지만 마크레를 닮았고 똑같이 고약한 눈을 가진 걸 보니 마크레의 아빠가 틀림없었다. 마티 아저씨가 황급히 달려와 나를

---

14 밀가루에 달걀, 치즈 따위를 넣은 반죽으로 만든 파스타의 일종.

자동차 뒤편으로 끌고 가더니 언덕 뒤에 내동댕이쳤다. 마티 아저씨는 정말로 힘이 장사였다. 나는 풀밭 위를 여러 번 구르고 나서야 비로소 몸을 추스르고 다시 일어섰다.

멀찌감치 서서 마크레가 자기 아빠한테 뭐라고 말을 하고, 그러자 그 사람이 주머니에서 지폐 한 장을 꺼내 마티 아저씨에게 건네주는 광경을 지켜보았다. 자동차는 온전하니, 그냥 잊어버리자고 이야기가 된 모양이었다. 앞자리에 앉은 여자는 아직 어안이 벙벙한 듯 보였지만, 뒷자리에서 마크레 녀석은 이빨을 온통 드러내며 깔깔대고 웃고 있었다. 내가 알고 있는 마크레의 모습 그대로였다. 그제야 마음이 놓였다. 서로에 대한 우리 두 사람의 증오심이 여전하다는 걸 확인했으니까. 마침내 마티 아저씨가 양 떼를 모두 길가로 몰아 통로를 만들었고, 자동차는 계곡 쪽으로 다시 달렸다. 마크레 가족이 휴가지에서 돌아오는 길이었을 것이다. 우리 마을 사람들 가운데 더러는 종종 혼잡한 국도를 피해 고원을 지름길 삼아 가로질러 다녔다.

마티 아저씨는 나한테 아무 질문도 하지 않았는데, 그런 점에선 꽤 멋졌다. 하지만 지난번 유리창 일과 이번 일로 우리 사이는 더 이상 예전과 똑같을 수 없었다. 나는 이따금 저 녀석을 어떻게 해야 하나 궁리라도 하듯, 이상한 눈초리로 나를 쳐다보는 마티 아저씨를 곁눈질했다. 결국 아저씨도 우리 부모님과 마찬가지였는데, 다른 점이 있다면 나를 다른 데로 보내기 위해 나 몰래 누군가를 부르진 않을 거라는 점이었다. 마티 아저씨는 나를 혼낸 적도 때린 적도 없고, 모진 말을 퍼부은 적도 없었다. 그 점만큼은 나도 절대 잊지 않을 것이다.

8월 26일, 나는 마티 아저씨한테 오늘이 내 생일이라고 말하면서, 달력 위에서 그날을 짚어 보였다. 마티 아저씨는 그저 내 등을 한 번 툭 쳤고, 그게 다였다. 그날 저녁, 나는 머릿속으로 나에게 생일 선물을 잔뜩 선사했다. 이미 갖고 있는 지 아이 조 말고 또 다른 지 아이 조가 생기면 군대를 조직할 수 있을 테고, 전기 기차도 있으면 좋을 것 같았다. 또 머릿속으로 고원 전체를 밝힐 정도로 촛불을 잔뜩 켜서 밤을 완전히 몰아내는 상상도 했다. 나는 1천 살, 그러니까 고원의 돌맹이들만큼 나이를 먹었고, 반짝거리는 작은 불꽃이 너무나 많아 그것들을 다 꽂으려면 온 천지가 모자랄 지경이었다. 결국 나는 그 불꽃들을 모조리 불어 껐고, 그러자 다시 밤이 되었다.

8월 31일, 나는 마지막으로 비비안이 와 있는지 그 아이 집에 가보았다.

덧창들은 여전히 닫혀 있었다. 사실 그럴 수밖에 없었다. 보통 아이들에게는 학기가 시작하는 때였으니 말이다. 나는 비로소 비비안이 돌아오지 않으리란 걸 이해했다. 비비안과의 이야기는 그것으로 끝이었다.

내가 다시 길을 떠나야 할 때가 되었다.

그해 여름, 마티 아저씨 집에서 그 길디긴 저녁을 보내면서 제일 힘들었던 건 텔레비전이 없다는 거였다. 우리 집에는 텔레비전이 한 대 있었다. 반짝거리는 멋진 텔레비전이었는데, 나는 종일 텔레비전을 봤고, 부모님은 텔레비전이 나를 진정해 준다고 말하기도 했다. 텔레비전을 어찌나 좋아했던지 설사 텔레비전이 꺼져 있을 때도 얼마든지 그걸 볼 수 있다고 믿을 정도였다. 상상하는 이미지로 텔레비전 화면을 가득 메우는 건 일도 아니니까. 나는 텔레비전이 존재한다는 걸 알면서도 텔레비전 없이 사는 사람들을 도저히 이해할 수 없었다. 지금 이 순간만 하더라도, 조로가 악당들 배에 Z자를 새겨 넣는 중일 텐데 나는 그걸 볼 수 없다는 데 생각이 미치면 불안하기까지 했다.

나는 마티 아저씨에게 떠나고 싶다고 말하면서 텔레비전이 없다는 걸 이유로 내세웠다. 내가 덜떨어졌는지 어쩐지는 잘 모르겠으나, 기막히게 잘 알고 있는 것들도 있었다. 마티 아저씨에게 더 이상 폐를 끼치기 싫어 떠나려 한다는 말은 차마 할 수 없었다. 아저씨가 나를 떠나게 내버려 두지 않을 테니 말이다.

마티 아저씨가 미심쩍다는 듯이 수염을 긁적이며 나를 삐딱하게 쳐다보긴 했으나, 어쨌든 텔레비전 핑계는 통했다. 아저씨는 가타부타 일체 군소리가 없었다. 그저 계속 웅얼대고 눈썹을 찌푸리면서 그 나름의 방식으로 나한테 어디로 갈 거냐고 물었다.

멀리, 비비안이 살지 않는 곳, 비비안이 언제까지고 닫혀 있는 덧창으로 나를 괴롭힐 수 없는 곳으로 떠나고 싶다고 대답했다. 그러면 평온한 마음으로 어른이 될 수 있겠지. 또 사실 내가 부모님 품을 떠난 것도 다 그러기 위해서였다. 나중에 언젠가 다시 돌아와 주유소를 운영할 때면, 아무도 거기에 대해서 이러쿵저러쿵 뒷말을 하지 않을 것이다.

마티 아저씨는 웃음을 터뜨렸다. 고작 여자아이 하나 때문에 이런 난리를 벌이는 걸 보면, 내가 벌써 어른인 셈이니 그냥 떠나지 말고 계속 머물러 있어도 될 거란 뜻이었다. 나는 기분이 좋았다. 그래서 이두박근을 내밀어 보이지 않을 수 없었는데, 아저씨는 고개를 끄덕이며 어른의 이두박근이 틀림없다는 사실을 인정했다. 우리는 함께 웃었다.

　그래도 나는 떠나야만 했다. 우리 두 사람 모두 그걸 잘 알고 있었다. 마티 아저씨는 서랍에서 더러운 큰 지도 한 장을 꺼내더니, 도로는 표시가 되어 있지 않지만 이 정도면 충분할 거라고 설명했다. 아저씨가 지도를 펼치자 파란색이 내 눈에 확 들어왔다. 그 색이 어찌나 아름답던지 분명 땅이며 숲이 다 질투를 할 게 뻔했다. 바다를 책에서만 봤을 뿐 진짜로 본 적은 없었다. 내가 손가락으로 바다를 짚자 마티 아저씨는 고개를 끄덕였는데, 괜찮은 선택이라는 뜻인 듯싶었다. 우리는 바깥으로 나왔고, 마티 아저씨는 남쪽을 가리켰다. 바다가 있는 방향이었다. 아저씨는 나에게 밤에만 걸으라고 했는데, 공연히 낮에 길을 걷다가 다른 사람 눈에 띄기라도 하면 바로 헌병들한테 붙들려 집으로 끌려가게 될 거란 이유에서였다. 사람들한테 말을 걸 때도 조심해야 할 필요가 있었다. 하지만 마티 아저씨 같은 사람들을 만나면 도움을 받을 수 있을 테고, 그런 사람들이라면 나도 금세 알아볼 수 있을 것이다. 그 사람들에게 〈1958년 베니도름에서 곤란을 겪은 프라달 집안 아마야의 사촌과 친구 사이〉라고만 말하면 된다고 마티 아저씨가 일러 주었다. 아저씨는 이 문장을 달달 외우게 했고, 이 세상 그 누구에게도 자기가 어디 사는지 말하면 안 된다고 했다. 만일 그랬다가는 그 즉시 나한테 〈말 드 오조〉가 달려들 텐데, 듣자 하니 아마도 말로키오의 사촌뻘 되는 악마가 아닐까 싶었다. 말로키오한테 가족이 있을 수 있다니 생각만 해도 오싹했다.

떠나기에 앞서 마지막으로 꼭 해보고 싶은 일이 있었는데, 그건 바로 주유소에 가보는 거였다. 왜냐하면 이번에 떠나고 나면 언제 다시 돌아올지 알 수 없기 때문이었다. 그 참에 땅속에 묻어 놓은 잡지도 파낼 수 있겠다는 생각이 들었지만, 마티 아저씨에게 그 이야기는 하지 않았다. 아저씨는 이튿날 일하지 않아도 된다고 허락해 주었고, 그래서 나는 고맙다고 인사했다. 우리는 이미 서로에게 할 말을 다 했기 때문에 그날 저녁에 더는 아무 말도 하지 않았다.

나는 너무 무더워지기 전에 일찍 떠났다. 해가 막 떠오를 무렵에는 벌써 내리막길에 접어들었다. 가다가 도중에 멈춰 서서 치즈 한 조각과 빵을 먹었다. 바위와 차가운 물, 백리향, 트럭 기름 냄새가 한데 뒤섞인 계곡의 공기가 마치 나를 맞아 주기라도 하듯 내 쪽으로 올라왔다. 나는 기분이 좋았고, 그 때문에 허공 끝자락에서 잠시 깜빡 졸았던 것도 같은데, 암튼 그 후 다시 걸었다. 곧 흰 오솔길 아래쪽으로 주유소가 나타났다. 내가 떠날 때와 조금도 달라지지 않은 모습이었다.

물론 부모님 앞에 모습을 드러낼 마음이라고는 없었다. 그랬다가는 영영 다시 떠날 수 없을 테니 말이다. 그저 부모님을 먼발치에서 지켜보고, 내가 잘 지내고 있다는 표시만 남길 참이었다. 마티 아저씨는 주머니칼로 오래된 연필을 깎더니 종이쪽지에 〈난 잘 지네요〉라고 적었다. 우리는 〈지내요〉가 맞는지 아니면 〈지네요〉가 맞는지 잘 몰라서, 결국 처음 쓴 그대로 두기로 했다. 그 종이가 접힌 채 지금 내 호주머니 안에 있었다.

나는 나무들이 서 있는 가장자리까지 다가가 멈췄는데, 거기서 조금만 더 가면 들킬 위험이 컸다. 내 방 덧창들은 닫혀 있었고, 움직이는 건 아무것도 없었다. 날씨가 더웠다. 여기 계곡에선 여름이 곧 물러가야 한다는 걸 전혀 모르는 듯했다. 여름한테 이래라저래라 하는 사람이라곤 없으니, 느긋하게 머무르면서 편한 시간을 보내는 모양이었다. 꼭 나처럼, 앞날은 전혀 생각하지 못한 채.

정비소 가까이 빨간색 자동차 한 대가 서 있었다. 바렘의 푸줏간 주인인 과부 길라르디 부인 차였다. 나는 주유소 내부를 들여다보기 위해 가까이 가봤다. 엄마가 과자들을 선반 위에 진열하는 모습이 보였다. 노란색 터틀넥 스웨터를 입고 있었는데, 엄마가 나를 얼러 줄 때마다 찌직찌직 정전기를 일으키던 그 스웨터였다. 그 순간 욱하며 가슴이 메이는 바람에 하마터면 엄마한테 달려갈 뻔했다. 그래도 그러지 않고 꾹 참았는데, 나도 어떻게 그럴 수 있었는지 모르겠다.

잠시 후 길라르디 부인이 정비소 뒷문으로 나오는 게 보였다. 부인은 고개를 오른쪽 왼쪽으로 돌려 주위를 살피면서 옷을 아래로 잡아당기더니 자기 자동차에 올랐다. 자동차는 시동을 걸자 꿀렁거렸고, 다시 시동이 걸린 후 떠나갔다. 이번엔 아빠가 문 앞에 모습을 드러내더니, 조금 전 부인이 그랬던 것처럼 고개를 오른쪽 왼쪽으로 돌려가며 살피고는 정비소의 어둠 속으로 빨려 들어가듯 사라졌다.

그사이에 엄마는 과자 진열을 마쳤다. 그건 엄마가 머지않아 차를 마실 거라는 뜻이었고, 실제로 엄마는 〈내실〉이란 푯말이 붙은 안쪽 문을 통해 집 안으로 사라졌다. 심장이 마구 쿵쾅거렸다. 몸을 굽혀 주유소 문 앞까지 살금살금 다가갔다. 하지만 문을 열면 종소리가 울릴 수밖에 없기 때문에 그저 글자가 적힌 종이쪽지만 살며시 문 아래로 밀어 넣고는 다시 숲 쪽으로 향했다. 그 후 나는 뒤도 돌아보지도 않고 걸었는데, 왜냐하면 걸음을 멈추기라도 하면 다신 그곳을 떠나지 못할 것 같기 때문이었다. 나는 점점 더 빨리 걷다가 있는 힘껏 내달렸다. 너무 숨이 차서, 몸 안에서 불이 나는 듯한 기분에 몸이 두 개로 접혀질 때까지. 그제야 땅에 묻어 둔 잡지를 파낸다는 걸 깜빡했다는 사실을 깨달았다. 하지만 너무 늦은 데다, 갑자기 그 잡지를 떠올리니 역겨웠다.

나는 산을 오르면서 엄마 생각을 했고, 엄마 머리에서 나는 향긋한 샴푸 냄새며 찌직찌직 전기가 튀는 엄마의 포옹을 상상했다. 눈물이 방울져 내 뺨을 타고 흘러내렸다. 다신 울지 않겠다는 내 다짐을 지켰다고 말했지만, 그건 거짓말이었다.

　묵직한 내 몸을 이끌고 다시금 고원으로 돌아왔을 때, 해는 기울기 시작했고, 불어오는 바람에 나는 너무나 기분이 좋았다. 그날의 여정으로 지쳐 있었고, 배도 심하게 아팠지만, 희한하게 배가 아파서 다행이란 생각도 들었다. 나는 서두르지 않고 마티 아저씨 집으로 돌아왔다. 처음엔 두 눈을 감고 걸어 보다가 그다음엔 뒷걸음질로, 그리고 제일 나중엔 보통 때처럼 걸어서 마티 아저씨 집에 도착했다.

　집에 도착했을 땐 아무도 없었다. 마티 아저씨를 부르자 알바가 집 뒤편에서 짖는 소리가 들려, 나는 집을 빙 둘러 그리로 갔다. 마티 아저씨는 치즈 작업장 문턱에 서서 양젖 치즈 한 판을 산 손님에게 거스름돈을 건네주고 있었다. 나는 아저씨에게 아는 체를 하고 나서, 찬물로 얼굴을 씻으려고 샘터로 갔다. 치즈 가게 손님이 치즈를 들고 내 앞을 지나갔으므로 우리는 고갯짓으로 인사를 나누었다. 나는 그 사람에게 얼굴은 보이지 않으려고 나름 애를 썼다.

집에 와서 마티 아저씨를 보려고 부엌으로 갔다. 아저씨가 양파를 자르고 있어서 아무 말 없이 앉아 있기만 했는데, 왜냐하면 아저씨를 도울 수 없다는 걸 잘 알기 때문이었다. 마티 아저씨는 내가 칼을 만지는 걸 용납하지 않았다. 아저씨는 둥근 양파 조각들을 올리브유와 함께 프라이팬에 넣고 나서 두 손을 닦았다. 양파가 익어 가는 동안 마티 아저씨는 문지방에 서서 담배 반개비를 피웠다.

아저씨는 마치 고원 전체를 말려 버리기라도 할 기세로 첫 모금을 깊숙이 빨아들이더니 코로 연기를 내뿜었다. 마티 아저씨는 그렇게 하면 내가 재미있어 한다는 걸 알고 있었다. 아저씨의 몸속에서 불이 날지 모른다고 생각하게 되니까. 그런 다음, 아저씨가 내 쪽으로 몸을 돌리며 말했다.

「치즈 사러 온 그 낯선 사람 말인데, 바로 네 여자 친구 아빠야.」

전에는, 그러니까 가출하기 전에는 감정이 북받칠 때마다 냅다 소릴 질러 대거나 미친놈처럼 웃거나 아니면 공황 장애를 일으키곤 했다. 하지만 이젠 그런 적이 한번도 없으니 내가 바뀌긴 한 모양이었다. 나는 고개를 끄덕이고는 커다란 목재 테이블 앞에 가서 앉았다.

웃겼다. 텔레비전에서 본 연극이 생각 났다. 내가 좋아하는 조로의 모험이 끝난 직후에 방영된 연극이었는데, 나는 하나도 이해하지 못하면서도 계속 들여다보았다. 심심했으니까. 특히 무대가 바뀌는 것이 마음에 들었다. 대도시가 커튼 뒤로 미끄러져 사라지고, 계곡이 갑자기 평평해지면서 들판으로 바뀌고, 대낮이 계속 이어지다가 〈탁〉 하는 소리와 함께 단두대처럼 장막이 내려오면 한순간에 밤이 되었다. 놀라웠다.

그런데 내 머릿속에서도 똑같은 일들이 벌어지고 있었다. 내가 떠나기로 작정했을 때 비비안이 등장하던 장면은 일순간 다음 장면으로 바뀌어 먼 바다와 언덕 위로 난 오솔길이 차례로 생겨났고, 마티 아저씨와 내가 친구라는 이유만으로 흔쾌히 나를 맞아 줄 과묵한 유랑자 무리가 그 안에 자릴 잡았다. 바다 다음 장면은 무엇이 될지, 누가 알고 있을까? 틀림없이 무대 뒤편에서 또 다른 배경이 내가 설치해 주기만을 기다리고 있을 터였다.

그런데 마티 아저씨가 방금 한 말은 모든 걸 뒤집어 놓았다. 일순간 비비안이란 무대 배경이 세차게 삐걱대더니 처음 자리를 꿰차며 바다를 밀어내고는, 노란 고원이며, 쨍쨍 내리쬐는 햇볕과 그 신선한 기운, 정령이 깃든 동굴이며, 천장이 뚫린 내 움막, 마티 아저씨의 움막과 더불어 뭉게구름 같은 양 떼를 거느린 채 다시 자리를 잡았다.

내가 분명 얄궂은 표정을 지었나 보다. 마티 아저씨가 나한테 독주 반 잔을 따라 주었다. 나는 아무 생각 없이 단숨에 들이켰다. 처음엔 아무렇지도 않더니 곧이어 배 속에서 불덩이가 폭발하는가 싶다가 요란한 고함을 내지르며 목을 타고 솟구쳤다. 끔찍하면서도 놀라운 감각이었다. 그제야 나는 마티 아저씨가 어째서 그 술을 그렇게 좋아하는지 알 수 있었다. 한 잔 더 마시고 싶은 생각이 들어 빈 잔을 쳐다봤지만, 마티 아저씨는 안 된다며 고개를 가로저었다.

우리는 빵 조각 위에 볶은 양파를 얹어 먹었다. 양파를 너무 오래 볶아서 캐러멜처럼 꺼멓게 됐지만, 그래도 맛은 좋았다. 타버린 양파 볶음을 신선한 물에 헹궈 먹었다. 그러는 동안 내내 우리 사이엔 침묵만 감돌았다. 마티 아저씨가 비비안 여왕님, 아니 암튼 그 아이의 가족이 돌아왔다는 소식을 전해 준 이후 줄곧 나는 한마디도 하지 않았다.

한쪽 소매로 입을 닦은 다음 자리에서 일어나 보랏빛으로 물든 하늘 같은 네모 조각 쪽으로 향했다. 문 구실을 하는 조각이었다. 마티 아저씨는 이제 어떻게 할 거냐고 묻지 않았고, 나 또한 비비안이 와 있는지 가볼 거란 말은 하지 않았다. 두 사람 다 알고 있는 사실을 굳이 말할 필요는 없으니까.

나는 캄캄해진 무렵에야 비비안 집에 도착했다. 창문이 모두 열려 있고 불이 켜져 있는 광경은 말 그대로 충격적이었다. 바로 곁에 숲이 있어서 그런지 집이 성처럼 보이긴 했다. 집 앞엔 파란색 4L 자동차가 세워져 있었는데, 나는 그 차를 보자마자 가출하던 날 아침 주유소에서 본 바로 그 자동차라는 걸 알아보았다.

나는 들키지 않으려고 숲을 가로질러서 도착했는데, 왜냐하면 예전에 비비안한테 집이 어딘지 알려 하지 않겠다고 한 약속을 어긴 셈이기 때문이었다. 제일 먼저, 내가 벌써 한 번 마주친 비비안의 아빠란 사람이 뭔가를 내다 버리는 게 보였다. 나는 숨을 멈췄다. 확실했다. 그 사람은 혼자였다. 개학 때인 만큼 비비안이 따라왔을 리 만무했다. 우툴두툴한 소나무 껍질에 이마를 대자 개미 한 마리가 씨앗을 물고 가는 광경이 눈에 들어왔다. 수중에 성냥이 있었다면 서글픈 마음에 녀석을 태워 죽였을 것이다.

이윽고 비비안이, 아니 비비안의 실루엣이 2층 창가에 나타났다. 나는 한눈에 알아볼 수 있었다. 나무 뒤에 몸을 숨긴 채 오래도록 그 아이의 검은 실루엣을 지켜봤다. 그 실루엣을 내가 좋아하는 비비안의 모습으로 채색하는 건 나한텐 일도 아니었다. 마지막으로 그 아이의 눈동자에 어린 광기까지 잊지 않고 그려 넣었다.

방의 불이 꺼졌다. 나는 비비안이 혼자 잠들지 않게 끔 그 자리에 조금 더 머물렀다. 그러고 나서 비비안과 함께 시간을 보냈던 내 움막으로 향했다. 나는 쌓여 있던 돌멩이들을 집어 마티 아저씨의 움막 방향을 가리키는 커다란 화살표 모양으로 늘어놓았다. 화살표가 자꾸 삐뚤삐뚤하게 그려지는 바람에 반듯하게 만들려고 엄청난 시간을 쏟았지만 주변엔 이미 칠흑 같은 어둠이 내려앉은 뒤였다. 어차피 화살표가 가리키는 쪽에는 마티 아저씨의 집뿐이니 방향을 틀릴 가능성은 거의 없었다. 이튿날 비비안이 온다면 내가 어디 있는지 금세 찾을 수 있을 터였다.

집으로 돌아와 잠자리에 누운 나는 만족스러운 미소를 지으며 눈을 감았다. 그러고 나서 이내 다시 눈을 뜨고는 모든 것이 잘되어 가나 싶을 때 불행한 일이 닥치지 않도록 예전 습관대로 눈을 몇 차례 깜빡였다. 이제야 일이 잘 풀리려 하는데, 공연히 잘난 척할 필요는 없으니까.

이튿날 비비안은 오지 않았다. 나는 너무나 애가 타서 양 떼를 아무렇게나 대했다. 심지어 한 놈이 나를 물기까지 하자, 마티 아저씨는 참다 못 해 나더러 그렇게 하느니 차라리 아무 일도 하지 않는 편이 더 낫겠다고 구시렁댔다. 기다리는 건 지금까지 늘 해오던 일이니 전혀 문제될 것이 없지만, 동시에 두 가지 일에 집중하는 건 무리였다.

저녁때 마티 아저씨는 나에게 너무 신경 쓰지 말라고 말했다. 그러니까 아저씨만의 방식으로, 최소한의 단어로 그런 뜻을 전했다는 말이다. 여자들은 참 이상했다. 이런 사실이야 이미 알고 있었지만, 그래도 조금 위안이 되긴 했다. 어쩌면 비비안 가족이 함께 쇼핑을 나갔으므로 그 아이가 못 온 것일 수도 있었다. 다른 한편으로는 비비안이 학교에 가야 하니 그리 오랫동안 머물지 못할 텐데, 그렇다면 어째서 그토록 소중한 하루를 허비하는 걸까 싶기도 했다. 시간이 없으니 서둘러 나와 함께 동굴에서 오후를 보내면서 그간에 있었던 일들을 서로 주고받아야 하지 않을까? 나는 비비안한테 들려줄 이야기가 너무 많았다. 내가 어떻게 헌병들 손아귀를 벗어났는지, 그 아이가 쓴 편지를 어쩌다 찢어 버리게 되었는지는 물론, 배고프고 목마른 데다 외톨이가 되었다는 절망감까지 더해 죽을 뻔했던 경험이며, 달력에서 날짜를 세는 방법이며, 마크레를 만난 일, 주유소에 가서 우리 부모님을 지켜본 일, 술을 마신 일, 양 떼를 돌본 일, 바다까지 걸어가기로 작정한 일 등등……

비비안도 그동안 얼마나 심심했는지, 또 그래서 어떤 새로운 놀이를 생각해 냈는지, 내가 읽을 수도 없는 멍청한 편지를 써서 미안했다거나, 내가 원하기만 한다면 그 아이와 같이 파리에 있는 집으로 가서 함께 지낼 수 있을 것이며, 벌써 부모님한테 그 이야기를 해서 허락을 받았다는 등등의 이야기들을 나한테 들려줄 수도 있을 터였다.

그 이튿날도 비비안은 오지 않았다. 그러자 나는 기다리는 데 지쳤고, 지난여름 내내 뜸을 들여 왔던 될 대로 되라 식의 감정이 폭발했다. 그 때문에 이젠 정말 결단을 내려야겠다고 마음먹었다.

비비안이 돌아온 지 사흘째 되는 날, 나는 아침 일찍 길을 떠나 비비안네 집 주변 숲에 몸을 숨기고 염탐했다. 그 아이의 아빠는 장작을 패러 나가고 없었다. 키가 작고 신경질적인 그 남자는 뭔가 심기가 불편해 보였다. 그 남자에게 고원이며 주위의 산들은 몸에 맞지 않

200

는 너무 큰 옷처럼 느껴졌고, 그래서 꼭 언제라도 그 속에서 허우적거리다가 휘청거리며 자빠질 것만 같았다.

정오가 조금 못 되었을 때, 나무에 기대어 깜빡 잠이 들었던 내 귀에 사람 목소리가 들렸다. 비비안과 그 아이의 엄마가 이제 막 문을 나서서 문과 곧바로 이어진 작은 길로 접어드는 참이었다. 두 사람은 풀밭 위로 난 흔적을 따라 길을 가로질렀다. 그때 그들이 들고 있던 바구니 밖으로 삐져나온 나무 상자가 보였다. 두 사람은 마티 아저씨에게 치즈를 사러 가는 길이었다.

두 사람은 나보다 훨씬 앞서 있었는데, 당연한 말이지만, 나는 들키지 않고 그들보다 먼저 치즈 작업장에 도착해야만 했다. 비비안은 내가 마티 아저씨네서 일하고 있다는 사실을 모르고 있을 테니, 거기서 나를 만나면 꽤나 놀랄 터였다. 그러면 나는 무심한 척하면서 그 아이는 쳐다보지도 않고서 희미하게 기억난다는 듯이 말할 것이다. 「아, 맞아, 나랑 같이 놀던 애구나……. 근데 네 이름이 뭐였더라?」

나는 한참을 돌아가야 하는 길을 전속력으로 달렸다. 마티 아저씨는 내가 숨넘어갈 듯이 바닥에 엎어져 먼지 구덩이에 털썩 주저앉는 것을 보면서도 말없이 그저 쳐다보기만 했다. 다행스럽게도 내가 제법 잘 달렸는지, 숨을 좀 돌리고 나자 그제야 두 실루엣이 들판과 하늘이 맞닿는 지점에 모습을 드러내기 시작했다. 나는 가까스로 옷을 벗고 샘터에 뛰어들었다가 몸을 말릴 수 있었다. 입고 있던 티셔츠가 땀에 흠뻑 젖었지만 어쩔 수 없이 도로 입었다. 급히 머리를 뒤로 빗어 넘겨 최대한 돈 디에고처럼 보이게 손질한 다음 나는 벽에 기대서 손톱만 쳐다보았다.

그 순간 두 사람은 치즈 작업장으로 가기 위해 움막을 우회하고 있었다. 비비안은 잘 어울리는 그 파란색 조끼 차림이었다. 그 아이는 마지막으로 봤을 때보다 머리가 조금 더 길었고, 앞머리를 헝클어뜨려 부스스하게 만들어서인지 야생적인 느낌이 났다. 머리카락 아래론 여느 때처럼 뭐든지 태워 버릴 듯한 두 눈이 빛나고 있었다. 엄마도 비비안과 많이 닮았는데, 곱상한 얼굴에 딸만큼 힘이 있어 보이진 않았지만 마찬가지로 날씬했다. 두 모녀가 함께 있으면 구별하기 쉽지 않을 듯했다.

나는 또다시 애꿎은 손톱을 들여다봤고, 무심한 척하느라 휘파람까지 불어 재꼈다. 나름 꾀바른 행동이란 생각이 들었고, 그래서 한결 긴장이 풀어졌다. 비비안의 엄마는 나를 보고 미소 지었고, 비비안은 나한테 〈아, 안녕, 잘 지내?〉라고 말했다. 그러고 나서 두 사람은 나한테는 신경도 쓰지 않고 계속 걸어갔다.

나는 그 자리에서 꼼짝하지 않고서 그저 바보처럼 손톱이나 쳐다보고 연방 휘파람을 불었다. 어쩐지 마크레와 있었던 일이 또다시 벌어지고 있다는 느낌이 들었다. 이번엔 비비안이 분명 날 알아보았으며 그 사실을 내가 잘 안다는 점만 다르다면 달랐다. 나는 〈어이!〉 하고 외치며 두 사람 쪽으로 달려갔다.

두 사람은 뒤를 돌아보며 똑같이 미소 지었다. 우리가 아무 말 없이 서로 쳐다보기만 하자 마침내 그 아이의 엄마가 눈살을 찌푸렸다. 내가 비비안에게 말했다.

「나야, 셸! 우리 같이 놀았잖아.」

비비안이 순순히 인정했다.

「응, 생각나. 그때 참 재밌었어.」

비비안은 고개를 끄덕이더니 치즈 작업장으로 향했다. 그 아이의 엄마가 말하는 소리가 들렸다. 「저 사내아이, 누구니?」 비비안은 그저 어깨만 으쓱했다. 두 사람은 치즈 작업장 안으로 들어갔고, 나는 밖에서 기다리는데, 잠시 후 안에서 여자들이 까르륵 웃는 소리가 들렸다.

지금 와서 다시 생각해 보니 정말 부끄럽다. 나는 비비안이 미웠다. 나는 그 아이를 미워하느라 〈시간을 허비한〉 셈이었다. 아니, 그게 사실이었다. 나는 비비안을 사랑한 것만큼이나 강렬하게 그 아이를 증오했다. 나의 가장 절친한 친구인 그 아이를 마크레 녀석만큼이나 미워했던 것이다. 아니, 어쩌면 그 녀석보다 더 미워했을 수도 있는데, 왜냐하면 마크레 녀석은 적어도 나를 배신하지는 않았기 때문이다. 그 녀석은 언제나 나를 놀리고, 깎아내리고, 때리고, 다른 애들 보는 데서 나를 모욕했다. 그야 뭐 늘 있는 일이니까 이해할 수 있었고, 딱히 달라질 것도 없었다. 하루는 사랑하는 척하다가 이틀날엔 모르는 척할 수는 없는 법이니까.

나는 마크레 녀석처럼 비비안을 죽여 버리는 상상을 해봤지만, 누군가가 내 배를 짓밟아 대는 듯한 아픔이 느껴졌고, 두 무릎에 기운이 빠지면서 먼지 구덩이 속에 고꾸라졌다. 내 입에서 *끙끙거리는* 신음 소리가 새어 나왔는데, 다행히 보는 사람은 없었다. 도저히 비비안한테 나쁜 짓을 할 수 없었다. 그런 생각만 해도 온몸이 반발했다. 별안간 구토가 나서 나는 자리에서 일어났고, 비비안이 밖으로 나올 때 마주치지 않으려고 급히 그 자리를 벗어났다.

비비안은 나를 아프게 했다. 나는 그런 아픔이라면 사실 이골이 나 있긴 했다. 아주 어릴 적부터 주변 사람들이 일부러 그런 건 아니지만 나를 아프게 하곤 했으니까. 하긴 비비안도 어쩌면 일부러 나한테 아픔을 주려 했던 건 아닐 터였다.

그래도 달라질 건 없었다. 아무튼 나는 화가 났고, 비비안의 방을 마구 휘젓는 것보다 더 좋은 복수 방법은 떠오르지 않았다.

무슨 뚜렷한 계획을 가지고 비비안 집엘 간 건 아니지만, 어쨌든 행운의 여신이 나와 함께했다. 비비안의 아빠가 4L 자동차를 타고서 계곡 방향으로 막 떠나는 참이었다. 조심해야겠다는 마음에 나는 자동차가 완전히 사라질 때까지 기다렸다. 거기까지 뛰어왔는데, 조금도 숨이 차지 않았다. 고원에서 지내게 된 이래 내 몸이 저절로 튼튼해졌나 보다.

　나는 집을 한 바퀴 빙 돌았다. 유리창 하나를 깨고 안으로 들어갈 셈이었는데, 그럴 필요가 없었다. 2층에 일종의 네모난 천창이라고 할 만한 창문 하나가 열려 있었고, 바로 그 옆으로 빗물받이 홈통이 지나고 있었다. 나는 원숭이처럼 홈통을 잡고 올라가 집 안으로 들어간 다음, 새집 냄새가 나는 작은 욕실 바닥에 드러누웠다.

그 냄새를 맡으니 전에 주유소 화장실을 수리할 때가 떠올랐다. 낡은 벽지 대신 야자수 무늬가 있는 타일을 붙였는데, 아빠는 자꾸 드나들다 보니 바닷가에 와 있는 기분이 난다고 했다. 그 말에 우리는 웃음을 터뜨렸다.

복도로 나가자 방문 두 개와, 돌로 된 층으로 이어지는 계단 하나가 눈에 들어왔다. 첫 번째 방문을 열고 들어가 보니 커다란 트렁크가 열어젖혀진 채 방이 온통 어질러져 있었다. 헤쳐 놓은 가방 속에선 남자 물건과 여자 물건 들이 한데 뒤섞여 뒹굴었다. 침대도 정리되어 있지 않았는데, 너무나 엉망이라 나는 방문을 닫고 나왔다. 그렇지만 공연히 호기심이 일어 혹시 그사이에 방 모습이 달라지지는 않았는지 보기 위해 그 방문을 다시 열었다. 방은 그대로였다. 나는 방들이 저절로 변한다느니 뭐니 하는 이야기가 순 거짓말이란 걸 알고 있었다. 게다가 샹들리에도 월석으로 치장한 것과는 거리가 멀었다. 달랑 맨 전구 하나가 천장에서 내려온 두 개의 전선 끝에 매달려 있을 뿐이었다.

두 번째 방은 정돈이 잘되어 있었다. 당연히 그럴 수밖에, 비비안의 방이니까. 나는 의자 팔걸이에 걸쳐져 있는 비비안의 원피스를 이내 알아봤다. 그 방에서도 새집 냄새가 났는데, 거기에다가 내가 싫어하는 소독약 냄새도 섞여 있어서 나는 코를 찡긋했다. 소독약 냄새에 학교 양호실이 떠올랐다. 나는 얻어맞을 때마다 양호실에 끌려가 치료를 받곤 했는데, 자코멜리 부인은 나에게는 특별히 덜 쓰라린 소독약을 쓰긴 했지만 그렇다고 해서 전혀 아리지 않은 건 아니었다.

비비안 방에 딸린 욕실은 깨끗했는데, 나는 〈쌈박하다〉란 말은 이럴 때 쓰는 말이란 생각을 하면서 감탄의 휘파람을 불었다. 창밖을 내다보면서, 애초에 내가 짐작하던 대로임을 알았다. 바로 숲에 면해 있는 그 방이었다.

한 가지 애석했던 건 방이 상상했던 것과는 다르다는 점이었다. 달라도 아주 완전히 달랐다. 그건 여자아이 방이 아니었다. 주유소에 있는 내 방은 모형 자동차들이 진열되어 있고, 양키가 떨구고 간 지 아이 조며, 베갯잇의 비행기 무늬, 〈아모라[15] 없인 좋은 식사란 없다〉(그건 사실이었다)란 문구가 적힌 멋진 포스터에 이르기까지 완전히 사내아이의 방이었다. 반면, 비비안의

15 프랑스 디종산 겨자 상표.

방에는 분홍색 물건도, 인형도, 꽃도 없었다. 방에는 그 저 침대와 책상, 옷장밖에 없었고, 그 목재 가구들에서 는 아직 물기 어린 숲 냄새가 풍겼다. 누구의 방이라도 좋은, 전혀 특색 없는 방이었다.

나는 책상으로 가보았다. 필통과 과제물 공책이 놓여 있었다. 이내 비비안의 필체를 알아봤는데, 마치 경사 진 곳을 달릴 때면 넘어지지 않으려고 점점 더 속도를 내듯이 한쪽 방향으로 기울어진 글씨였다. 공책 반쪽에 만 글씨가 쓰여 있고, 나머진 공백이었다. 나는 필통을 집어 바닥에 내동댕이치고, 그러고 나서 책상을 뒤엎 고, 옷장을 넘어뜨리고, 침대를 휘저어 놓고, 모든 걸 엉 망진창으로 만들 작정이었다.

하지만 난 필통을 얌전히 다시 책상 위에 내려놨다. 방을 오가는 동안 어디서부터인가 분노가 잦아들었는 데, 아마도 그 분노는 볕에 말리려 놔둔 개자리에 섞여 들어간 모양이었다. 왜냐하면 나는 더 이상 화가 나지 않았고, 내 이마며 어깨도 짓눌리지 않았으니 말이다. 나는 비비안의 방에 일절 손대지 않았다. 아무것도 헝 클어뜨리지 않았고 뭘 부수거나 뒤엎지도 않았다. 그저 침대 가장자리에 걸터앉았을 따름이었다. 그 편이 더 나왔다.

나는 무슨 소리엔가 잠이 깼다. 처음엔 내가 어디 있는지도 몰랐다. 벌떡 몸을 일으켰는데, 엉덩이 밑으로 비비안의 침대가 느껴졌다. 그래, 그렇지. 기억이 되살아났다. 좀 생각을 해보기 위해 침대에 대자로 드러누웠고, 눈이 따가워서 잠시 쉴 요량으로 눈을 감았지.

그러다가 나도 모르게 잠이 들어 버린 것이었다. 그런 상태로 꽤나 오랫동안 잠을 잤던 모양인데, 왜냐하면 방엔 더 이상 해가 들지 않았기 때문이다. 〈바보 멍청이.〉 계단에서 사람 목소리들이 들렸고, 층계참 마루가 삐걱거렸다. 발자국 소리가 점점 더 문 가까이 들렸다. 약간 끄는 듯한 발소리였다. 나는 아차 싶어 침대에서 뛰어내려 제자리에서 뱅그르르 맴을 돌았다. 방문이 열렸다.

비비안은 나를 보더니 소스라치게 놀라며 손을 입으로 가져갔고, 나는 예전에 아빠 사냥총의 표적이 된 가엾은 여우처럼 꼼짝도 못 하고 그 자리에 가만히 있었다. 나는 창문을 쳐다보다가 문을 쳐다보고는 그저 침대 밑으로 기어 들어가 웅크리며 눈을 감고 이 모든 것이 감쪽같이 사라져 버리고 아무도 날 찾아내지 못하게 되기를 바랐다.

비비안은 방문을 닫더니 내 쪽으로 다시 몸을 돌렸다. 나는 어찌나 가쁘게 숨을 쉬었던지 눈앞에 광선이 보일 지경이었다. 그 아이가 이토록 예뻤던 적은, 이토록 여왕다웠던 적은 이제껏 없었다. 파란색 조끼와 금발의 여왕. 반면 나는 그 어느 때보다도 어리석고 더러우며, 이토록 가르시아 중사 같다는 느낌이 든 적이 없었다.

「너, 여기서 뭐 해?」 비비안이 물었다.

비비안이 화가 났다는 건 금세 알 수 있었다. 그런데 비비안이 말을 하자, 그 아이의 입에서 쉰 듯하면서도 아름답고 침착한 목소리가 튀어나오자 한층 더 겁이 났다.

나는 뭔가를 중얼거렸고, 흥분하여 눈을 껌뻑거렸고, 제자리에서 맴을 돌았다. 비비안이 다가오더니 내 팔을 잡고 살짝 흔들었다.

「넌 맹세를 지키지 않았어.」

그 말에 그만 나는 폭발했다.

「아니야! 네가 날 버린 거야! 배신자는 바로 너야!」

비비안은 새하얗게 변한 입술을 질끈 씹더니 나를 지나 창가로 가서 바깥을 내다보았다. 그 아이의 엄마가 주택 옆에 딸린 작은 텃밭을 청소하는 중이었다. 비비안은 나한테 목소리를 낮추라는 신호를 보냈다.

「내가 너한테 편지를 남겼잖아. 우리가 예정보다 일찍 파리로 돌아간다고 설명했다니까.」

당연히 나는 나 자신이 바보 멍청이라 느꼈다. 차마 비비안한테 그 편지를 제대로 읽지 못했다는 말은 할 수 없었다. 그래서 거짓말을 늘어놨는데, 정말이지 이제 거짓말이라면 식은 죽 먹기였다.

「난 편지라고는 못 봤어.」

시속 1백 킬로미터 속도로 머리를 굴렸다. 빌어먹을, 거짓말하기가 쉽지만은 않았다.

「렌즈 콩 통조림은 분명 있었지만, 편지는 없었어.」

비비안이 내 쪽으로 다가왔다. 몸이 거의 부들부들 떨리는 것 같았다. 시선을 떨구면서 나는 비비안이 잔뜩 화가 나서 왼손으로 주먹 쥐는 걸 보았다. 웃기는 건, 그러면서 오른손은 활짝 펴고 있었다는 점이다.

「날 찾을 생각은 하지 말라고 했을 텐데.」

「그렇지만 너를 만나고 싶었어.」

「내가 널 만나러 가는 거야. 너는 기다려야 하는 거고! 나한테 그러겠다고 맹세까지 해놓고선. 이 거짓말쟁이 같으니라고!」

「거짓말쟁이는 바로 너야! 그래, 네가 말한 성은 도대체 어디 있는 거야? 저절로 변한다는 방들이며 태양에서 자라는 콩으로 만들었다는 매트리스는 또 어디 있고?」

「여기 있잖아!」 비비안이 두 팔을 활짝 벌리며 소리쳤다. 「아직도 모르겠니?」

비비안은 창가를 흘긋 쳐다보더니, 나지막하긴 하지만 여전히 화가 난 목소리로 말했다.

「여기 다 있잖아, 너를 둘러싸고 있다니까! 네 눈엔 안 보이지. 왜냐하면 네가 여기 와서 마법이 풀려 버렸으니까. 네가 바라보는 순간 모든 건 다시 평범해지고 말았으니까.」

나는 입을 다물었다. 나 자신이 정말로 비참하게 느껴졌다. 사실이었다. 비비안이 한 말은 구구절절 논리적이었다.

「하지만 넌 여왕님이잖아.」 내가 우물쭈물 입을 열었다. 「그러니까 마음만 먹으면……」

「이제 다 끝났어. 나도 여느 사람처럼 평범하기만 한 그저 그런 소녀가 되어 버렸다고. 마법은 풀렸어. 그러니 넌 네 집으로 돌아가. 이젠 다 틀렸어.」

　나는 항의했다. 어쨌든 나에게 비비안은 여왕님이라
고 말이다. 그 아이는 심술궂은 표정으로 웃더니 아직
도 그렇게 믿는다면 하나도 알아듣지 못한 거라고 빈정
거렸다.

　내가 몸을 움직이자 비비안이 소스라치게 놀라며 뒷
걸음질 치는 바람에 나도 덩달아 겁이 났다. 그때 비비
안이 총을 가지고 있지 않아서 천만다행이지, 만일 총
을 가지고 있었더라면 나를 쏴버렸을 거라는 생각이 들
었다.

　「날 보러 올 거야?」내가 물었다.

　비비안은 대답 대신 눈만 내리깔았다. 그러더니 고개
를 저으면서 말했다.

　「집으로 돌아가.」

　비비안은 방에 딸린 멋진 욕실로 들어갔고 이윽고 찰
칵하고 문 잠그는 소리가 들렸다.

　나는 앞문으로 빠져나와 곧장 마티 아저씨 집으로 향
했다. 물론 슬펐다. 하지만 어떤 의미에서는 기분이 나
아진 것 같기도 했다. 비비안은 나한테 편지를 남겨 자

기가 떠난다는 걸 알렸으니, 그 아이는 날 버린 게 아니었다. 오히려 편지를 갈기갈기 찢어 버려 일을 망친 건 바로 나였다. 편지를 찢지 않았더라면 나중에라도 마티 아저씨한테 읽어 달라고 할 수 있었을 텐데. 그러면 내가 성에 가지도 않았을 테고, 쳐다보는 것으로 마법을 깨뜨리는 일 따위는 없었을 것이다. 나는 이 모든 걸 받아들였다. 모르는 것보다, 내 머리에 감당하기 어려운 뭔가를 이해하라고 억지를 쓰는 것보다는 그 편이 더 나았다. 내가 비비안을 배반한 거지, 그 반대가 아니었다. 모든 것이 다 내 잘못 때문이란 걸 알고 나니 오히려 마음이 놓였다. 왜냐하면 뭐든 언제나 내 잘못이었고, 그런 것엔 이골이 나 있었으니 말이다. 그런 상황은 마치 내 낡은 초록색 벨벳 파자마처럼 편안했다.

바로 그 순간 마른 나무줄기가 발목을 찔렀고, 나는 내가 아이 시절에서 빠져나와 서서히 어른이 되어 가고 있다고 느꼈다. 이 모든 건, 생각해 보면, 아주 단순했다. 비비안의 우정뿐 아니라 그 아이의 짜증까지도 사랑해 주기만 하면 되는 거였다. 그 두 가지는 모두 비비안에게서 비롯되는 것이기에 어느 쪽이라 할 것 없이 다 아름다웠다. 그러니 볼 줄 아는 눈만 있다면 그것으로 충분할 터였다.

나는 집에 도착하자마자 마티 아저씨에게 다 털어놓았다. 마티 아저씨는 자기에게도 여왕이 있었기 때문에 그게 뭔지 잘 안다고 했다. 여왕들이란 여간 까다로운 게 아니어서 도저히 당해 낼 재간이 없다는 것이었다.

내가 이튿날 아침에 떠나겠다고 하자, 마티 아저씨는 그저 어깨만 으쓱했는데, 그건 〈좋다〉는 뜻이었다. 아저씨는 발길을 돌렸다가 다시 내게로 오더니 주머니에서 뿔 손잡이가 달린 멋진 주머니칼을 꺼내 내 손에 쥐어 줬다. 우리는 서로 쳐다보며 미소 지을 필요도 없었다. 이미 머릿속으로 그렇게 하고 있었으니까.

나는 내 물건들, 그러니까 셀 점퍼를 챙겼다. 머릿속은 벌써 바다를 배경으로 무대 장치를 바꾸어야겠다는 생각으로 꽉 차기 시작했다.

바다 배경은 이상하게도 무거웠다.

나는 비가 내리길 빌었다. 어찌나 간절하게 바랐던지 막상 실제로 비가 내리자 어떻게 해야 비를 멈출 수 있는지 알 수 없었다. 분홍색, 초록색, 파란색 등, 굵은 빗줄기는 어떤 색이든지 다 될 수 있었다. 비 때문에 새들도 날지 못했다. 그런 식으로 얼마나 오랫동안 비가 내렸는지 나는 잘 모르겠다. 노인들은 이처럼 억수로 쏟아지는 비는 처음이라고들 했다. 또 조상 탓이니 신 탓이니 하늘 탓이니 하는 이야기도 했는데, 정작 그토록 비가 많이 내리게 된 진짜 이유는 대질 못했다. 그건 나 때문이었다. 나는 제발 모든 걸 싹 씻어 내 달라고 비를 불렀다. 고원 한가운데 서서 나는 웃고 또 웃었다. 비는 모든 걸 계곡 쪽으로 휩쓸어 분노의 강으로 흘려보냈다. 나의 모든 적이며, 나를 믿어 주지 않았던 모든 이를……. 어릿광대 신발 한 짝이 떠내려가는 게 보였다. 말로키오여, 영원히 안녕! 또 파란색 아이 원피스가 떠내려가는 것도 보였는데, 바로 그때 나는 모든 것을 멈추게 하고 싶었으나 때는 너무 늦었다. 그래서 그 원피스를 건지려고 물속으로 뛰어들었다.

나는 침대에서 벌떡 일어섰다. 익사하지 않으려고 숨을 깊게 들이마셨다. 밖에는 장대비가 퍼붓고 있었는데, 빗방울이 내 얼굴에도 튀었다. 왜냐하면 창문 바로 아래서 잠이 들었는데, 덧창 닫는 걸 깜빡했기 때문이다. 나는 한 번 더 숨을 깊이 들이마신 다음 매트리스 위에 무릎 꿇고 앉아 소나기를 바라봤다. 번개가 칠 때마다 고원은 대낮처럼 환해졌다. 여름이 한 걸음 더 멀리 물러가는 중이었다.

나는 언제나 침대 속에 누워 빗소리 듣기를 좋아했다. 거기라면 나한테 아무 일도 닥칠 것 같지 않았기 때문이다. 나는 분명 비를 그치게 해달라고 기도를 하고 있을 가엾은 토끼와 여우를 생각했다. 다행스럽게도 그토록 모질게 내리는 비는 그리 오래 지속되지는 않았다. 틀림없이 내일은 해가 나서 길을 떠나는 나를 비춰 줄 것이다.

또다시 번개가 쳐서 나는 소리를 내질렀는데, 왜냐하면 비비안이 막 집 안으로 들어왔기 때문이다. 마티 아저씨는 무슨 일인지 보려고 방에서 나올 생각도 하지 않았는데, 하긴 어제저녁에 술병을 집어 드는 걸 내 눈으로 봤으니, 그럴 만도 했다. 비비안은 아침에 입고 있던 옷 그대로였는데, 다만 그 옷이 흠뻑 젖은 상태였다. 그래서 나는 〈톰과 제리〉에서 톰이 자기 가죽을 벗겨 물을 짜내는 장면이 떠올랐다. 비비안은 머리카락이 얼굴에 착 달라붙어 있고, 발치엔 물이 흥건하게 고여 있는 상태에서 가쁘게 숨을 몰아쉬었다. 한 손은 주먹을 쥐고 다른 손은 펼친 채였다. 그 아이는 여전히 화가 나 있었고, 언제나처럼 힘이 넘쳐 보였다. 나는 비비안이 내 앞에 그렇게 서 있는 게 당연하기라도 한 듯 말없이 그저 바라볼 따름이었다.

「정말로 내가 다시 네 여왕이 되기를 바라니?」 비비안이 물었다.

물론이라고 내가 대답했다. 물론 바라지.

「그럼, 그걸 증명하기 위해서 뭐든 할 수 있어? 그 어떤 거라도?」

비비안은 대답을 듣지도 않고 도로 나갔다. 나는 셸 점퍼를 걸치고 신발을 신었다. 신발 밑창이 모두 떨어져 나가 이제는 어느 쪽이 오른발이고 어느 쪽이 왼발인지 알 수 없었다. 나는 비비안을 따라갔다.

비가 잦아들었다. 폭풍우가 그칠 모양이었다. 나는 자칫 비비안한테 어딜 가는 거냐고 물을 뻔했지만, 입을 다물었다. 이전처럼 비비안과 함께 있는 것만으로도 좋으니, 공연히 바보 같은 질문을 해서 분위기를 망치고 싶지 않았다. 그래서 대신 이렇게 말했다.

「비가 내리는 꿈을 꿨어. 아마 나한테도 무슨 힘이 있나 봐. 네가 바람을 일으키는 것처럼 말이야.」

비비안은 대답은 하지 않은 채 묵묵히 걷기만 했다. 어쩌면 내 말을 못 들었는지도 몰랐다. 처음엔 동굴로 가려는 건가 싶었지만, 비비안은 나더러 제자리에서 맴돌라고 하지 않았다. 어딜 걷고 있는지 도무지 보이지 않았다. 사방은 온통 높은 고원을 감싸는 어둠뿐이었는데, 그 어둠이 어찌나 짙던지 번개가 쳐도 아무것도 보이지 않고, 그저 우리 두 사람만 보일 따름이었다. 그런 밤에는 심지어 어둠을 가르며 걷는 우리 두 사람조차 진짜로 존재하긴 하는 건지, 행복하기 위해 서로를 만들어 낸 건 아닌지 하는 의심마저 자연스럽게 들었다.

곧 우리는 내가 잘 아는 장소에 도착했다. 그곳은 여느 곳보다 조금 더 높은 언덕 같은 곳으로, 고원 한가운데 위치한 그 언덕의 꼭대기엔 벽이 허물어진 잔재가 남아 있었다. 비비안은 지난 초여름에 나를 그리로 데려간 적이 있는데, 우리가 즐겨 찾던 놀이 장소 가운데 하나였던 그곳을 그 아이는 〈참회자〉라고 불렀다. 한쪽은 경사면이 완만한 반면, 반대쪽은 평평한 바위 위로 깎아지른 듯한 절벽을 이루고 있었다. 비비안 말로는 높이가 20미터는 족히 될 거라고 했다.

비비안은 그곳이 언덕처럼 보이지만, 사실은 돌이 된 거인이며, 자기가 그렇게 만들었다고 설명했다. 왜냐하면 그 거인이 자기한테 불손하게 굴었기 때문이라는 것이었다. 하지만 비비안은 그 거인이 무슨 짓을 했는지는 말해 주려 하지 않았다. 나는 어쩌면 그 거인이 비비안의 치마 속을 들여다보려 했을지도 모르겠다고 짐작했는데, 왜냐하면 여자아이한테 그보다 더 불손한 행동은 없을 테니 말이다. 암튼 그 거인은 옆구리가 바닥에 닿으면서 떨어졌고, 이제는 그 위로 풀이 자랐다고 했다. 비비안은 언젠가 그 거인에게 본래 모습을 되찾을

221

수 있게 해줄 테지만, 당분간 자기가 무슨 짓을 했는지 곰곰이 반성해야 할 거란 말도 덧붙였다.

우리는 〈참회자〉 위로 올라갔다. 나는 풀잎에 미끄러졌고, 무릎이 까진 게 확실했지만, 비비안이 멈추지 않고 계속 올라갔으므로 아무렇지도 않은 듯 올라가서 비비안을 따라잡았다.

끝까지 올라간 우리는 말없이 가장자리에 자리를 잡았다. 그사이 비는 그쳤고, 우리 두 사람의 발밑으로는 20미터짜리 허공이 이어졌다. 비비안은 정면을 똑바로 쳐다보았다. 잔뜩 움추린 그 아이의 고개는 거의 양 어깨에 파묻힌 것처럼 보였다. 마침내 비비안이 입을 열었다.

「나는 희생 제물이 있어야만 비로소 다시 여왕이 될 수 있어.」

그 말에 이번엔 내가 말했다.

「엥?」

「내가 다시 여왕이 되기를 원한다면, 너는 복종심을 입증해 보여야 해. 여기서 뛰어내리는 거야.」

나는 아래를 내려다봤다. 깜깜해서 아래쪽은 보이지도 않았다. 빌어먹을, 너무 높은 데 와 있었다. 나는 이렇게 높은 데서 뛰어내린 적이 한 번도 없었다. 분명 목이 부러질 테니까.

「내가 뛰어내리면, 모든 게 다시 전처럼 되는 거야?」 나는 확실하게 하기 위해 물었다.

「응.」

번개가 지평선을 때렸다. 이번 건 마법사가 내리친 진짜 번개로, 괴기스럽고 심술궂었다. 그 번개가 땅에 내리꽂히는 찰나에 모든 것이 또렷하게 보였다. 풀잎에 맺힌 굵은 물방울들. 양껏 물기를 빨아들이는 대지. 바위 표면에서 반짝이며, 내가 오랫동안 금이라 생각했던 운모의 광채. 그 돌 조각을 금인 줄 알고 한가득 침대 밑에 쌓아 두었다가 야단깨나 맞았었지.

내 안의 목소리가 뛰어내리지 말라고, 그건 완전히 바보짓이라고 속삭였다. 하지만 따지고 보면 비비안의 명령은 상당히 논리적이었고, 난 언제나 논리적인 걸 좋아하는 편이었다. 나는 비비안을 쳐다봤고, 비비안 또한 턱을 앞으로 살며시 내민 채 나를 쳐다봤다. 비비안의 입술이 무슨 말을 하려는 듯 움직거렸으나, 곧 두 입술을 앙다무는 바람에 아무 소리도 새어 나오지 않았다. 결국 논리적인 목소리에 따르기로 결정했다. 나는 허공으로 성큼 발을 내밀었다.

　나는 비비안이 정말로 내가 뛰어내리길 원했는지 알 수가 없는데, 왜냐하면 그 아이가 비명을 지르며 나를 붙잡으려 했기 때문이다. 암흑에 몸을 의지한 채 서서히 그 안으로 빨려 들어가는 동안 나는 내 소매를 스치는 비비안의 손가락을 느꼈다. 그건 아주 기분 좋은 감각, 마치 꿈속을 나는 듯한 황홀한 느낌을 주는 감각이었다. 나는 비비안의 실루엣이 저 높이에서 비스듬히 지나가는 걸 보았고, 그다음엔 별들을 보았다.

　갑자기 겁이 덜컥 났다. 어찌나 겁이 나던지 나는 잠깐 동안 내가 뭘 하고 있는지, 그러니까 바보처럼 절벽 아래로 추락하고 있다는 사실조차 잊어버렸다. 그저 거기엔 합당한 이유가 있고, 그게 주유소 뒤편의 산을 기어오르는 것과 같은 바보짓이 아니기만을 바랐다. 만일 그게 아니라면, 도착하고 나서 또 된통 얻어맞을 테니 말이다. 몸을 둥글게 말자 나는 아주 작아졌다.

　그러자 더 이상 겁이 나지 않았다. 똑똑히 기억할 수 있었다. 나는 별들 속으로 떨어졌고, 그게 어찌나 아름답던지 숨이 턱턱 막혔다. 별들을 보기 위해서 기꺼이 잠시 멈추고 싶었다. 별들을 만져 보려 했지만 소용없는 짓이었다. 하늘에 달린 커다란 손잡이를 꽉 잡고서 마지막으로 제자리에서 맴돌았다. 뭔가 딱딱한 것이 내 등에 느껴졌고, 내가 아주 길고도 길어져 한쪽 끝은 산에, 다른 쪽 끝은 고원의 가장자리에 닿는 것 같았다.

별안간 길었던 내가 줄어들고, 내 몸이 마치 자갈에 부딪치는 쇠스랑 같은 소리를 내면서, 몹시 아팠다. 통증이 얼마나 대단한지 빛깔도 없이 그저 온통 흰색이었다. 그 하얀 통증 때문에 나는 눈이 멀었다. 내가 태어난 이후 들이마신 공기란 공기를 한순간에 토해 냈고, 거짓말이며 욕, 생일 케이크 초에 묻은 초콜릿 맛이며 치커리 맛, 무당벌레의 빨간 등딱지, 목화솜의 감촉 따위도 모조리 뿜어 내서 내 안은 텅 비어 버렸다. 고함 소리가 들렸고, 젖은 발이 철벅거리며 다가오는 소리도 들렸고, 날 굽어보는 비비안의 얼굴도 보였다. 비비안은 울고 있었다. 빗물과 진짜 눈물이 그 아이의 하얀 뺨 위에서 마구 뒤섞였다.

「미안해, 미안해, 미안해.」 비비안은 똑같은 말만 자꾸 반복했다. 「미안해, 셀, 난 그냥…… . 이건 너무 잔인해.」

문득 계시를 얻었다. 〈잔인하다〉란 말의 의미를 깨달

왔고, 그때 주유소에서 그 남자가 어째서 나한테 〈잔인한 새끼〉라고 했는지도 알았다. 앞으로 다시는 벌레를 태우지 않을 것이다.

비비안은 계속 울었다. 울면서 내가 알아듣지 못하는 말들을 읊조렸다. 그 아이는 나를 일으켜 세우려 했지만, 나는 통증이 너무 심해 비명을 질렀다. 잠깐 어두워지나 싶더니 다시 눈을 떴을 땐 내 쪽으로 몸을 기울인 비비안의 모습이 보였다. 그 아이는 입고 있던 파란색 조끼를 벗어 내 이마를 눌렀다.

그때 나는 비비안의 팔을 보았다. 그 팔은 어깨 언저리까지 온통 시퍼렇게 멍이 든 상태였다. 게다가 비비안은 팔꿈치에서 손목까지 커다란 붕대를 두르고 있었는데, 붕대엔 소독약의 노란 얼룩들이 군데군데 배어 있었다. 나는 말을 하려고 입을 벌렸지만, 공기만 피식 새어 나올 뿐, 아무 말도 할 수 없었다. 비비안이 내 얼굴에 귀를 가까이 댔는데, 귀가 진짜 예뻤다. 계곡과 산이 그려진 마티 아저씨의 지도를 닮은 귀였다. 나는 다시 말을 하려고 애썼다. 이번엔 혀까지 동원해서 더 세게 말을 밀어냈다. 말은 대형 오토바이처럼 쏜살같이 달려 나오면서 내 입술을 일그러뜨렸다. 나는 어쩌다가 다치게 되었는지 물었고, 그 아이는 자기 걱정은 말라고, 길에서 미끄러져서 그렇게 된 거라고 대답했다. 그 말을 들으니 어째서 비비안이 학교엘 가지 않았는지 설명이 되었다.

비비안이 다시 훌쩍거리기 시작했다. 뼛속까지 젖은 채로 진창에 앉아 있는 우리 두 사람의 꼴은 분명 심상치 않을 터였다.

「오늘 정말 굉장한 밤이네.」내가 야릇한 목소리로 말했다.

비비안이 웃더니 어느새 코를 훌쩍거리면서, 맞다고, 정말 굉장한 밤이라고 대꾸했다. 그러고 나서 비비안이 양손을 내 뺨에 대고 어찌나 세게 눌러 대던지 내 입이 닭 궁둥이처럼 앞으로 비죽 튀어나왔다.

「셸, 우리 여길 떠나자, 너하고 나하고.」

「너하고 나하고?」

「응.」

「그럼, 너희 부모님은?」

「우리 엄마는 상관 안 해.」

「네 아빠?」

비비안은 땅에 침을 뱉었다. 거의 나한테 뱉는 것 같

았다. 마치 갑자기 내가 존재하지 않기라도 하듯.

「우리 아빠 아냐.」

「좋아.」 내가 말했다. 「우리 바다로 가자. 내가 길을 알아. 너도 좋겠어?」

비비안이 빙긋 미소 짓더니, 코를 닦으면서 고개를 끄덕였다.

나는 일어나 비비안의 손을 잡고서 함께 떠났다. 우리는 언덕을 넘고 또 넘어 해가 뜰 때 바다에 도착했다. 우리는 우리의 거대한 발을 파도에 담갔다. 바다는 내가 꿈에서 볼 때보다 훨씬 더 아름다웠고, 비비안은 내 품에 폭 안겼다. 비비안은 다시 여왕이 된 후론 서로 몸이 닿아도 상관하지 않았다.

물론 현실에선 이런 식이 아니었다. 나는 꼼짝할 수 없었고, 우리 두 사람 모두 이런 사실을 잘 알고 있었다. 나는 진창에 누워 있었고, 비비안은 내 쪽으로 몸을 굽힌 채 조용히 울기만 했다. 그 아이는 손을 내 머리카락 사이로 넣고는 계속 뒤로 넘겼다. 그러면서 조금 웃었는데, 그러니 지난 초여름의 비비안 같았다.

「너 정말 돈 디에고 데 라 베가하고 닮았어.」

다시 정색을 한 비비안이 묘한 표정으로 나를 쳐다보

자 나는 벌써 훨씬 나아졌음을 깨달았다. 아픈 것은 덜한데, 다만 잠이 쏟아졌다. 내 평생 그렇게 지독스레 잠이 쏟아지긴 처음이라, 산타 할아버지를 보겠다고 새벽까지 안 자고 버텼을 때보다 더 하단 생각이 들었다. 그때 나는 결국 잠을 이기지 못했다. 운이 없었던 거였다. 산타 할아버지는 내가 잠이 든 직후 다녀갔으니, 간발의 차이로 놓친 셈이었다. 산타 할아버지는 곤히 잠이 든 나를 깨우지 않았고, 대신 멋진 전기 레일을 선물로 두고 갔다. 그런데 그 전기 레일은 조심성 없는 아빠가 발로 밟는 바람에 망가져 버렸다.

「걱정하지 마, 셀. 내가 사람을 불러올게.」

나는 비비안을 잡아 두고 싶었지만, 힘에 부쳤다. 말을 할 수도 없었고, 걱정하지 않는다, 오히려 그 반대로 이렇게 기분이 좋았던 적은 없다는 마음도 전할 수 없었다. 하긴, 아빠가 전기 레일을 망가뜨린 건 확실히 속상했다.

다시 눈을 뜨자 나는 혼자였다. 양치기 움막에서 열이 펄펄 났던 때가 떠올랐다. 다른 점이 있다면 이번엔 비비안이 돌아오리란 걸 내가 알고 있다는 거였다. 하지만 난 비비안을 다시 볼 수 없을 듯했다.

더는 겁이 나지 않았다. 주유소에서 일하는 쿠르투아 집안의 아들, 절대 성장하지 않을 거라는 바로 내가 말이다. 나는 웃었다. 틀림없이 저 아래 계곡에서도 내 웃음소릴 들었을 게다. 바르데 박사님도 틀렸고, 다른 사람들도 모두 틀렸다. 나는 바로 이 고원에서 성장을 했다. 비비안 덕분에 나는 거대한 존재가 되어, 한 손이 하늘에 닿고 또 다른 한 손은 바다에 닿을 정도로 커졌다. 이 세상은 여왕님을 되찾았고, 그건 순전히 내 덕분이었다.

여름이 되돌아왔다는 착각을 일으킬 정도로 뜨거운 바람을 일으키며 해가 떠올랐다. 하지만 여름은 결코 되돌아오지 않는다. 결국 모든 계절도 거짓말을 하는 셈이다. 어떻게 된 영문인지 모르겠지만, 나는 앉는 데 성공했고, 앉아서 아침 해를 정면으로 바라보며 바위에 몸을 기댔다.

나는 마지막으로 두 눈을 감았다. 눈을 감고서 바람 쪽으로 몸을 숙였다. 마치 모래 더미처럼, 예전에 호숫가에서 보내는 여름휴가 때 내가 만들면 곧 다른 아이들이 와서 짓밟아 버리던 모래성처럼. 고원 전체가, 산

전체가 보였다. 그리고 저만치 아래쪽, 지붕에 여전히 낡은 상호가 붙어 있는 주유소도 보였다. 엄마가 옷을 입으면서 어서 소파를 비우라고 아빠를 흔들어 깨우는 중이었다. 빨갛고 노란 근사한 점퍼를 입은 내 모습도 보였다. 풀밭 위로 뛰어오는 비비안도 보였다.

그랬다. 모든 게 다 잘되었다.

이제 바람이 불어 주는 일만 남았다. 바람은 이 이야기에서 내가 지워질 때까지 불고 또 불어 댈 테지. 이 이야기가 존재하기나 했다면 말이다.

옮긴이의 말
닫힌 세계를 비집고 들어온 한 줄기 빛

나는 소설 읽기를 엄청 좋아한다. 그런데 솔직히 누군가가 나에게 소설을, 음, 그러니까 실생활에서 (거의) 아무런 도움도 되지 않는 〈허튼 소리〉를 왜 읽느냐고 묻는다면, 그건 이러저러한 이유 때문이라고 자신 있게 내세울 만한 준비된 답변이 없어서 당황스러운 게 사실이다. 아니, 이유가 없다기보다 오히려 소설 작품 수만큼이나 이유가 많아서 곤혹스럽다고 해야 하나. 암튼 『나의 여왕』의 경우는 특이한 소재가 주는 재미도 재미지만, 여느 소설에 비해서 소설 작법에도 관심이 가지 않을 수 없었다. 하긴, 소재에 따라 글쓰기 방법이 달라지는 건 자연스러운 일일 테지만.

얼른 어른이 되고 싶어서 전쟁에 나가려는 열두 살 소년. 1천 명의 하인들이 시중을 드는 성에서 여왕처럼 살고 싶은 소녀. 이 소설의 주인공이자 화자는 지적 수준이 평균에 훨씬 못 미치는 이른바 〈지적 장애아〉다. 이런 설정이다 보니 독자들이 그를 통해서 만나게 되는 세계란 편향되고 좁은 주인공의 시각과 인식 체계를 기반으로 받아들이고 소화한 세계일 수밖에 없고, 이에 따라 소설가가 인물을 묘사하거나 줄거리를 엮어 가는 방식 또한 제한적일 수밖에 없다. 예컨대, 평균에 못 미치는 지적 역량이나 말초적 감각의 상대적 중요성, 느슨한 인과 관계 등으로 특징 지어지는 듯한 지적 장애아 주인공의 〈닫힌 세계〉는 그 자체로 독자들에게 특이하고 흥미로운 독서 경험을 제공하는데, 이는 지적 장애아가 아닌 소설가의 입장에서 보자면 별도의 연구와 감수성을 요구할 수밖에 없을 테니 말이다. 머리통은 크지만 머릿속이 성장을 멈춘 그 소년은 더 이상 남들에게 〈어린애〉라는 손가락질을 당하기 싫어서, 그리고 무엇보다 누군가가 자기를 다른 곳 — 장애 아동을 위한 특수학교 — 으로 데려갈까 봐 그런 일이 생기지 않도록 미리 집을 떠나 전쟁터 — 소년은 텔레비전에서 늘 전쟁 소식을 들으면서 자랐는데, 1965년 여름 남프랑스 프로방스 인근 지역이라는 소설 속 시공간을 배경으로 미루어 추측건대 이 전쟁은 아마도 알제리 독립 전쟁이 아니었을까 싶다 — 로 향한다. 머나먼 전쟁터 — 아이의 머릿속에서 제일 먼 곳은 동네 뒤 고원 지대 다 — 에서 용감하게 싸워 훈장을 딴 참전 용사가 되어 돌아오면 고향을 떠날 일은 없을 테니까. 그리고 그 고원 지대에서 소년은 상상 속 성에서 여왕으로 사는 비비안과 운명적으로 만난다.

이 소설의 주인공 셸은 이를테면 윌리엄 포크너의 소설『음향과 분노』의 주인공인 천치 벤지를 연상케 하지만, 포크너가 벤지의 〈의식의 흐름〉을 따라가기로 선택한 것과는 달리 신예 작가 장바티스트 앙드레아는 주인공 셸의 의식을 안팎에서 동시에 그려내 보인다. 주인공 〈셸〉— 소설 속에서 그는 이름이 없다. 대신, 그는 걸치고 있는 정유 회사 점퍼에 새겨진 이름인 셸로 불린다— 은 말문이 막히면 벤지처럼 말 대신 고함을 질러 대지만, 온통 잿빛으로 그려지는 벤지의 비극적인 상황과는 달리, 그에게는 〈나의 여왕님〉이 있다. 그리고 이처럼 파편적이고 부분적이며 편향적으로 그려지는 셸의 의식 세계는 어쩌면 세상이 우리에게 퍼붓는 멸시와 조롱, 상처와 고독을 역설적으로 비추기 위한 소설적 장치 내지는 설정으로 작용하는 것이 아닐까. 평균보다 못한 지적 장애아를 바라보는 독자들은 그에게 똑같은 멸시와 조롱을 퍼부으면서도 죄의식을 느끼지 않을 수 없고, 셀이 받는 상처와 고독은 결국 우리 자신의 상처와 고독인 양 메아리쳐 되돌아오니 말이다. 그러고 보면, 셀의 유일한 동무인 〈나의 여왕님〉은 영리하고 우월한 인물인 듯 그려지지만, 알고 보면 그 소녀 또한 상처받아 신음하며 고독에 절은 존재에 불과하다. (그런데 이 소녀는 과연 실재했을까, 아니면 소년의 상상이 만들어 냈을까?)

애초에 셀이 꿈꿨던 탈출구는 어서 어른이 되어 전쟁에 나가는 것이지만, 그는 〈나의 여왕님〉과의 기적적인 조우를 통해 더 이상 멸시와 조롱을 당하지 않고 있는 그대로의 모습을 유지한 채 지고의 행복감을 느낀다. 하지만 이 행복한 순간을 맛보기 위해 죽음이란 대가를 치러야 하다니. 우리는 하나를 얻기 위해서는 하나를 버려야 한다는 말을 비교적 쉽게 하곤 하지만, 그 하나는 우리가 가진, 아니 존재 자체를 포함하는 우리의 모든 것일 경우가 자주 있다.

촉망받는 시나리오 작가이자 감독으로 활약하던 장 바티스트 앙드레아는 『나의 여왕』으로 소설가로서 첫 발을 내딛었다. 데뷔작만으로 〈고등학생들이 뽑은 페미나상 2017〉, 〈알랭푸르니에 문학상 2018〉을 비롯하여 여러 개의 상을 휩쓸면서 단번에 주목받는 소설가로 급부상한 그의 다음 행보가 궁금하다.

2021년 여름
양영란

옮긴이 **양영란** 서울대학교 불어불문학과와 동 대학원을 졸업하고, 파리 제3대학에서 불문학 박사 과정을 수료했다. 『코리아 헤럴드』 기자와 『시사저널』 파리 통신원을 지냈다. 옮긴 책으로 『빨간 수첩의 여자』, 『프랑스 대통령의 모자』, 『상페의 어린 시절』, 『진정한 우정』, 『콩고』, 『아무것도 아닌 작은 일』, 『센트럴파크』, 『잠수종과 나비』, 『탐욕의 시대』, 『굶주리는 세계, 어떻게 구할 것인가』, 『공간의 생산』, 『그리스인 이야기』, 『물의 미래』, 『빈곤한 만찬』, 『미래의 물결』, 『식물의 역사와 신화』 등이 있으며, 김훈의 『칼의 노래』를 프랑스어로 옮겨 갈리마르에서 출간했다.

나의 여왕

발행일   2021년 6월 10일 초판 1쇄

지은이   장바티스트 앙드레아
옮긴이   양영란
발행인   홍예빈 · 홍유진
발행처   주식회사 열린책들

경기도 파주시 문발로 253 파주출판도시
전화 031-955-4000 팩스 031-955-4004
www.openbooks.co.kr